앨리 스미스 Ali Smith

앨리 스미스는 스코틀랜드 인버네스에서 태어나 현재 잉글랜드의 케임브리지에 살고 있다. 스미스는 18권의 책을 썼으며, 이 작품들은 40개 언어로 번역 출간되었다. 스미스의 소설들은 맨부커상과 베일리스 여성 문학상 최종 후보에 각각 네 차례와 두 차례 올랐으며, 2015년에 『둘 다 되는 법(How to be both)』이 베일리스 여성 문학상을 수상했다. 이 소설은 골드스미스상과 코스타상을 수상하기도 했다. 계절 4부작 중 마지막 작품인 『여름』으로 2021년 가장 뛰어난 정치 소설에 수여하는 오웰상을 수상했다. 2022년 앨리 스미스는 오스트리아에서 수여하는 유럽 문학상을 수상했다.

가을

가을

앨리 스미스
김재성 옮김

민음사

AUTUMN
by Ali Smith

Korean translation edition is published by arrangement with
Ali Smith c/o The Wylie Agency (UK), Ltd.

The publisher is grateful for permission to reproduce the following extracts:
Lines from *Brave New World* by Aldous Huxley, published by Chatto & Windus,
reprinted by permission of Georges Borchardt through KCC.
Lines from *Pualine Boty: Pop Artist and Woman* by Sue Tate, published by
Wolverhampton Art Gallery & Museums, copyright © Sue Tate, 2013.
Lines from *Talking to Women* by Nell Dunn,
published by Pan Books, copyright © Nell Dunn, 1966.

길리 부시 베일리에게

다음 주에 만나요

그리고 변함없이 강인한

세라 우드에게

봄철은 저 멀리서 추수에 이어 오라!

—윌리엄 셰익스피어

현재의 토양 침식 속도로 볼 때 영국 땅에서 추수는 100번밖에 남지 않았다.

—《가디언》, 2016년 7월 20일

풀잎처럼 푸르던 우리는 햇볕 속 옥수수밭 위에 누웠다.

—오시 클라크

내가 여기서 당신하고 행복할 운명이라면 제아무리 긴 인생이라도 덧없이 짧을 거예요.

—존 키츠

부드럽게 나를 해체시켜 주오.

—W. S. 그레이엄

차례

1

최악의 시절이자 최악의 시절이었다. 다시. 세상이란 그런 것. 모든 것이 무너진다. 늘 그래 왔고 앞으로도 그럴 것이다. 그것이 자연의 섭리다. 웬 노인이 해안으로 떠밀려 올라온다. 구멍이 나고 꿰맨 자리가 뜯어진, 백 년 전에 찼다는 가죽 축구공처럼 보인다. 물살이 셌던 모양이다. 셔츠가 벗어졌다. 이건 뭐, 천둥벌거숭이 꼴이군, 하며 고개를 돌려 보니 아프다. 그러니 고개는 돌리지 않는 편이 좋겠다. 입속에 이 잡것은 뭐지? 모래다. 혀 밑이다. 윗니와 아랫니가 맞닿을 때 이 사이로 사각거리는 모래가 느껴지고 그것들의 노랫소리가 들린다. 자디잘게 빻아졌지만 사실 나는 전부야. 내 위로 넘어지면 더 폭신하고, 나는 햇빛을 받으면 반짝이고 바람을 타고 쓰레기를 뒤덮고, 편지를 담아 바닷물에 던지는 병도 나로 만들지. 나는 거두기 가장 어려운 낟알…….

거두기…….

노랫말이 사라져 간다. 그는 피곤하다. 그의 입과 눈 속의 모래는 모래시계의 목에 걸린 마지막 낟알이다.

대니얼 글럭, 마침내 네 운이 다한 거야.

그는 눈꺼풀이 들러붙은 한쪽 눈을 간신히 떠 본다. 그런데…….

대니얼은 일어나 모래와 자갈을 깔고 앉는다.

이게 다야? 정말? 이게? 죽음이라고?

그는 손을 들어 눈을 가린다. 굉장히 밝다.

해가 비친다. 하지만 지독하게 춥다.

모래와 자갈이 널린 해변이고, 바람이 유독 세차고, 그래, 해가 떠 있지만 온기는 없다. 게다가 알몸이다. 추운 것이 당연하다. 내려다보니 그의 몸은 여전히 늙은 몸이다. 망가진 무릎도 그대로다.

그는 죽음이 인간을 증류시키리라고, 썩어 문드러지는 부패를 벗겨 내 모든 것을 구름처럼 가볍게 만들어 주리라고 상상했더랬다.

그런데 해안에 남겨진 그는 떠날 때 자신 그대로인 것 같다.

이럴 줄 알았다면 스물이나 스물다섯 때 떠났을 텐데. 대니얼이 생각한다.

좋은 사람들만 그러지.

아니면(그는 생각하면서 누가 보고 역겨워하지 않도록 한 손으로 얼굴을 가리고 코 속에 든 것을 끄집어내 세상을 빻아 다채로운 색깔에 형상도 아름다운 모래인 것을 확인하고는 손가락을 비벼 떨어낸다.) 이것이 증류된 나 자신일지도 모르지. 그렇다면 죽음은 애석하고 실망스러운 것일 테고.

죽음아, 나를 받아 주어 고맙다. 근데 미안하지만 나는 삶으로 돌아가야겠거든.

그는 일어서 본다. 그리 아프지 않다.

자, 그럼.

집으로. 어느 쪽이지?

그가 반 바퀴 돈다. 바다, 해안, 모래, 자갈. 웃자란 풀, 모래 언덕들. 그 뒤로 평지. 그 뒤로 나무들, 길게 늘어선 숲 그리고 다시 바다.

바다는 이상하게 고요하다.

문득 오늘 눈이 유난히 밝다는 생각이 든다.

무슨 말인가 하면 저 숲만이 아니라, 저 나무만이 아니라, 저 나무의 저 잎만이 아니라 저 잎을 저 나무에 이어 준 잎자루까지 다 보인다.

저기 모래 언덕 위 모든 풀과 그 끝에 달린 통통한 씨앗까지, 마치 카메라 줌 렌즈를 통해 보듯 또렷하게 보인다. 또 손을 내려다보니 단지 손만, 그 손 한쪽에 묻은 모래만 보이는 것이 아니라 모래알 하나하나가 분명하게 보인다. 게다가(손이 이마로 올라간다.) 안경도 안 꼈는데?

흠.

그는 다리와 팔과 가슴과 손의 모래를 떨어낸다. 공중으로 흩어지는 모래알들을 바라본다. 허리를 굽혀 모래를 한 움큼 쥔다. 이것 봐. 무지 많네.

후렴:

한 손에 세계를 몇 개나 담을 수 있을까.

모래를 쥔 한 손에.

(반복.)

그가 손을 편다. 모래가 떨어지며 날린다.

일어서 있자니 배가 고프다. 죽었는데도 배가 고플 수 있나? 당연하다. 인간의 마음과 정신을 파먹는 아귀들이 널렸으니까. 그는 한 바퀴 돌아 다시 바다를 향해 선다. 배를 타 본 지 오십 년이 넘는다. 그리고 그것은 사실 배도 아니었다. 강물에 띄운 색다르지만 형편없는 술집일 뿐이었다. 다시 모래며 자갈 위에 주저앉으니 거기 빼다귀들이 그의, 실례되는 말을 쓰고 싶지 않다, 해변 저쪽에 소녀가 있다, 좌우간 아프기가, 아 참, 실례되는 말을 쓰고 싶지…….

소녀?

그렇다, 그리고 소녀들 한 무리가 그녀를 둘러싸고 물결 같은 그리스풍의 춤을 춘다. 소녀들은 퍽 가까운 거리에 있다. 더욱 가까이 다가온다.

이러면 안 되지. 알몸이잖아.

새 눈으로 조금 전 늙은 몸이 있던 자리를 다시 내

려다보고 그는 자신이 죽었음을, 틀림없이 죽었음을 깨닫는다. 마지막으로 보았던 것과 달라 보이기 때문이다. 더 나아 보이고, 몸치고는 괜찮아 보인다. 젊을 때 그의 몸처럼 대단히 낯익어 보인다.

소녀가 가까이에 있다. 소녀들. 달콤하고도 깊은 공포와 수치심이 물밀듯 밀려온다.

그는 풀이 웃자란 모래 언덕으로 달려가(달릴 수, 아주 잘 달릴 수 있다!) 아무에게도 보이지 않게 덤불 가장자리에 머리를 숨긴 다음 아무도 오지 않는 걸 확인하고 숲으로 이어지는 평지를 가로질러 다시 냅다 달린다.(이번에도! 숨도 차지 않는다.)

숲속에서는 몸을 숨길 수 있을 것이다.

어쩌면 몸에 걸칠 무언가를 찾을 수 있을지도 모른다. 하지만 이 순수한 기쁨! 그는 어떤 느낌인지 잊고 있었다. 느낀다는 것, 타인의 아름다움 근처에서 그저 벌거벗은 자신에 대한 생각을 느끼는 것이 어떤 것인지를.

작은 잡목 숲이 나온다. 그는 숲속으로 들어간다. 나뭇잎이 깔린 그늘진 바닥, 이 정도면 완벽하다. (잘생긴데다 젊은) 그의 발아래 낙엽들은 마르고 빳빳한데 나무의 낮은 가지들에는 아직 연녹색 잎들이 풍성하다. 어라, 그의 체모도 다시 진한 검은색이다. 팔에도, 가슴에서 내려와 털이 풍성해지는 사타구니에도 그렇다. 체모만이 아니다. 그곳의 모든 것이 풍성하고 굵어진다, 보라!

여기는 분명 천국이다.

무엇보다도, 그는 불쾌감을 주고 싶지 않다.

여기서 자도 된다. 형편이 정리될 때까지 여기서 머물러도 된다. 형편(bearings)? 아니면 알몸(bare-ings)?(말장난은 빈자의 수단. 늙고 가련한 존 키츠. 뭐, 가련한 것은 맞아도 늙었다고 하기는 어렵다. 가을의 시인, 겨울의 이탈리아. 죽기 며칠 전 그는 내일이 없는 듯 말장난에 열을 올렸다. 가엾게도 과연 내일은 없었다.) 나뭇잎들로 몸을 덮으면 밤에도 따뜻할 것이다. 죽은 사람에게도 밤이 있다면 그렇다는 말이다. 그리고 저 소녀, 아니 소녀들이 조금이라도 더 다가오면 한 무너기 수북이 덮어 그들을 욕보이지 않을 것이다.

예의.

불쾌감을 주고 싶지 않아 하는 데 육체성이 있다는 것을 그는 잊었더랬다. 지금 그에게 밀려오는 예의의 느낌은 신주(神酒)를 마시면 그럴 법하게 달콤하다. 꽃부리에 들어가는 벌새의 주둥이처럼, 그렇게 풍요롭고 그렇게 달콤하다. 신주와 운이 맞는 것은 무얼까? 나뭇잎들로 초록색 옷을 짓겠다고 생각하는 순간 바늘과 조그만 얼레에 감긴 금색 실 같은 것이 손에 나타난다. 그는 죽은 것이다. 죽은 것이 틀림없다. 죽는 것도 썩 괜찮은 일인 듯싶다. 그런데 현대 서구 세계에서는 매우 저평가되고 있다. 누군가가 말해 줘야 한다. 그들에게 알려 줘야 한다. 그곳이 어디든 누군가를 서둘러 보내야 한다. 그녀를 불러오라.(Recollect her.) 그녀를 감화시켜라.(Affect her.) 그녀를 방치하라.(Neglect her.) 거짓말탐지기(lie detector). 영사기(film projector). 감독(director). 수금원(collector). 반대자(objector).*

그는 머리 옆에 있는 가지에서 초록색 잎을 하나 뜯는다. 하나를 더 뜯는다. 그것들을 서로 맞대어 엮는다. 뭐더라, 러닝 스티치 기법으로, 아니 블랭킷 스티치든가, 여하튼 감쪽같이 서로 잇댄다. 이것 봐라, 바느질도

---

* 유사한 발음으로 끝나는 표현들을 나열했다.

할 줄 안다. 생전에는 못 했던 일이다. 죽음. 놀랄 일이 참 많다. 그는 나뭇잎을 한 아름 따고는 앉아서 서로 이어 붙인다. 그가 1980년대 파리에서 산, 공원에 있는 어린 소녀의 사진이 담긴 엽서를 기억하는가? 전쟁이 끝난 지 얼마 안 돼 찍은 흑백사진 속에서 소녀는 낙엽을 입은 듯이 보였다. 그렇게, 드문드문 떨어져 있는 나뭇잎들과 나무들을 쳐다보며 서 있는 아이의 뒷모습을 사진은 담고 있었다. 매혹적이고도 비극적인 사진이었다. 아이와 낙엽은 너무나 어울리지 않았고, 어쩌면 마치 넝마를 입고 있는 것 같기도 했다. 하지만 한편으로 넝마는 넝마가 아니었다. 나뭇잎이었으니 그것은 마법과 변화에 대한 사진이었다. 하지만 또 한편으로는, 그로부터 얼마 후 찍힌 것이었다면, 사상 최초로 보통 사람들 눈에 낙엽 속에서 노는 아이가 사로잡혀 살해된 아이로 보일 수도 있는(이런 생각은 가슴 아프다.) 사진이기도 했고,

또는 어쩌면 아이의 몸에 매달린 낙엽들이 흡사 살갗이 넝마처럼 찢긴 듯, 살갗이 그서 낙엽들인 듯 보이는 점이 방사능에 피폭된 아이 같기도 했다.

그것은 이처럼 다른 의미로도 매혹적(fetching)이었

으니, 우리를 불러와(fetch) 다른 세계로 보내 주는 사진이었다. 카메라가 깜빡하는 순간(사진작가의 이름이 가물가물하다.) 낙엽을 입은 아이는 슬픔, 끔찍함, 아름다움, 우스움, 무서움, 어둠, 빛, 매력, 동화, 민화, 진실 따위가 된다. 더 따분한 진실은 그 엽서를(부바!* 그의 사진이었다.) 산 것이 자신을 사랑해 주기를 원했던 다른 여자와 함께 사랑의 도시를 방문했을 때였다는 것인데, 물론 그녀는 그를 사랑하지 않았다. 40대의 여자와 60대 후반, 아니 솔직히 일흔에 더 가까운 남자였고, 어차피 그도 그녀를 사랑하지 않았다. 진심으로는. 나이와 무관하게 근본적으로 맞지 않았다. 그가 퐁피두 센터에서 뒤뷔페의 그림에 감동하여 신발을 벗고 엎드려 경의를 표한 반면 이름이 소피 뭐였던 그녀는 그것을 창피해했고 공항으로 가는 택시 안에서 그에게 미술관에서 신발을 벗기에는, 아무리 현대적인 미술관이라 할지라도, 그가 너무 늙었다고 했다.

사실 그녀에 관해 기억나는 것이라곤 엽서 한 장을

---

* 에두아르 부바(Edouard Boubat). 프랑스의 사진가.

써 보낸 뒤 그 엽서를 그냥 간직할 걸 그랬다 싶었던 것 뿐이다.

그는 엽서 뒷면에 "늙은 아이가 사랑을 담아"라고 썼다.

그 이후 계속해서 그 사진을 찾고 있다.

하지만 아직 찾지 못했다.

간직하지 않은 것을 줄곧 후회해 왔다.

죽었는데 후회라고? 죽었는데 과거라고? 자신의 고물상은 영영 탈출할 수 없는 것일까?

그는 잡목 숲에서 평지와 바다를 내다본다.

내가 무얼 끝장냈든 이 멋진 초록색 외투 하나는 건졌군.

그는 그것을 걸쳐 본다. 몸에 잘 맞고 나뭇잎 냄새가 신선하다. 재단사를 했으면 잘했을 것이다. 그는 무언가를 만들었고, 해냈다. 마침내 그의 어머니도 흡족해할 것이다.

맙소사. 죽은 후에도 어머니가 있다고?

소년인 그가 나무 밑에서 떨어진 밤을 줍고 있다. 그는 따끔거리는 연두색 겉껍질을 가르고 밀랍 같은 껍질 안쪽에서 반들거리는 갈색 밤알을 꺼낸다. 그것들을 모자에 담아 어머니에게 가져간다. 어머니는 갓난아기를 안고 저쪽에 있다.

바보짓 좀 하지 마, 대니얼. 어머니는 그걸 못 먹어. 아무도, 심지어 말도 못 먹어. 너무 쓰거든.

일곱 살의 대니얼 글럭. 다들 지지리 가난한데 얼마나 운이 좋으냐고 사람들이 늘 말할 만큼 좋은 옷을 입었다. 더럽히지 말았어야 할 고급 모자 속의 밤알들을 내려다보니 반짝이던 광택이 사라져 가고 있다.

죽어서까지 쓰라린 기억들이다.

얼마나 실망스러웠던가.

신경 쓰지 말자. 기운 내자.

그가 일어선다. 다시 점잖은 모습이 되어 있다. 주변을 돌아다니며 큰 돌덩이 몇 개와 쓸 만한 나뭇가지 두어 개를 찾아낸 다음 식별할 수 있도록 잡목 숲 입구에 표시해 둔다.

밝은 초록색 외투를 입은 그는 숲에서 나가 평지를 가로질러 해안으로 돌아간다.

그런데 바다는? 고요하다, 꿈속의 바다처럼.

소녀는? 자취도 없다. 그녀를 둘러싸고 춤추던 소녀들은? 사라졌다. 하지만 해안에 쓸려 온 시체가 하나 있다. 그는 그것을 보러 간다. 그 자신의 시체일까?

아니다. 그것은 죽은 사람이다.

이 죽은 사람 바로 옆에 죽은 사람이 한 명 더 있다. 그 뒤에 한 명 더, 한 명 더.

그는 해안에 널려 있는, 조수에 밀려온 시체들을 바라본다.

아주 작은 아이의 것들도 있다. 그는 부풀어 오른 한 남자의 시체 옆에 쪼그려 앉는다. 지퍼로 잠긴 남자의 상의 속에서 아이가, 아니 아기가 입을 벌린 채 바닷물을 흘리고 있다. 부풀어 오른 남자의 가슴에 머리를 대고 죽어 있다.

해변 쪽에 사람들이 더 있다. 이 사람들은 해안 쪽에 있는 사람들과 같은 사람들이지만 살아 있다. 그들은 파라솔 아래 있다. 죽은 사람들로부터 떨어져서 휴가를 즐기고 있다.

화면에서 음악이 나온다. 한 사람이 컴퓨터를 쓰고 있다. 다른 한 명은 그늘에 앉아 작은 화면을 읽고 있다.

다른 한 명은 같은 파라솔 밑에서 졸고 있고, 다른 한 명은 어깨와 팔에 선크림을 바르고 있다.

한 아이가 깍깍 웃으며 물에 뛰어 들어갔다가 커다란 파도가 다가오자 얼른 나온다.

대니얼 글럭은 죽음 쪽에서 삶 쪽을, 그리고 다시 죽음 쪽을 바라본다.

세상의 슬픔.

분명코 아직 이 세상에 있다.

그는 나뭇잎 외투를 내려다본다. 아직 초록색이다.

팔을 앞으로 내밀어 본다. 여전히 기적처럼 젊다.

지속되지 않을 꿈이다.

외투 귀퉁이의 나뭇잎 하나를 만져 본다. 힘을 주어 꼭 쥔다. 할 수만 있다면 가져갈 것이다. 어디 있었는지에 대한 증거로.

달리 무엇을 가져갈 수 있을까?

후렴이 뭐였더라?

한 손에 세계를 몇 개나

모래를 쥔 한 손에

한여름이 막 지난 어느 수요일. 엘리자베스 디맨드는 서른두 살이고 런던의 어느 대학에서 변동 시간제 임시 계약 초급 강사로 일한다. 그녀의 어머니에 따르면 꿈에 그리던 삶을 살고 있는데, 그 꿈이라는 것이 직업 안정성이 전무하고 돈이 부족해 거의 아무것도 할 수 없고 십 년 전 학창 시절에 살던 월세 아파트에 계속 눌러 사는 것이라면 맞는 말이다. 그녀는 '체크 앤드 센드' 시스템으로 여권 신청서를 제출하려고 어머니가 사는 동네에서 가장 가까운 도심의 우체국에 와 있다.

이 시스템을 이용하면 더 빨리 처리되는 모양이다. 다시 말해 우체국에 가서 신청서 양식을 작성하고 기간이 만료된 여권과 새 사진을 첨부해 제출하면 우체국 공무원이 검토한 다음 여권국으로 송부하는데, 그러면 소요 기간이 반으로 준다는 것이다.

기계에서 뽑은 번호표에는 창구 서비스 233번이 찍혀 있다. 대체로 한산한데 소포 무게를 재는 기계 앞에만 화난 표정의 사람들이 문밖까지 줄지어 서 있다. 그곳은 번호표를 쓰지 않기 때문이다. 하지만 사람들의 머리 위에 있는 안내 화면에 다음 순서로 찍힌 156, 157, 158번에 비하면 번호가 한참 뒤인 데다 열두 개의 창구를 맡은 직원 두 명이 아마도 154번과 155번일 손님을 응대하고 있어 시간이 많이 걸릴 것 같아(여기 온 지 이십 분이 되었는데 아직 같은 손님 둘이 서비스를 받고 있다.) 그녀는 우체국에서 나가 초록불을 기다려 길을 건너서는 버나드 거리의 헌책방으로 간다.

십 분 후에 돌아가 보니 여전히 직원 둘이 서비스를 하고 있는데 안내 화면은 다음 순서로 284, 285, 286번을 알린다.

엘리자베스는 기계의 단추를 눌러 다른 번호표(365번)를 뽑아 들고 실내 한가운데에 둥그렇게 설치된 공동 대기석에 앉는다. 좌석 어딘가가 부서져 그녀가 특정한 방식으로 움직일 때마다 절거덕거리며 옆자리에 앉은 사람이 위로 붕 뜬다. 그 사람이 자세를 바꾸면 또 좌석이 절거덕거리며 엘리자베스가 아래로 푹 꺼진다.

창밖 길 건너편에 예전에 우체국이었던 커다란 지자체 건물이 보인다. 지금은 디자이너 브랜드의 체인점들이 나란히 들어서 있다. 향수. 의류. 화장품. 그녀는 다시 실내를 둘러본다. 공동 대기석에 앉은 사람들은 거의 처음에 들어왔을 때 본 얼굴들 그대로다. 손에 든 책을 펼친다. 『멋진 신세계』. 1장. "겨우 34층밖에 되지 않는 나지막한 회색 건물. 중앙 현관 위에는 '런던 중앙 인공 부화 및 조절국'이라는 간판이 붙어 있고 방패 모양의 현판에는 '공유, 균등, 안정'이라는 세계 국가의 표어가 보인다." 한 시간 사십오 분이 지나 책을 꽤 읽은 후에도 주변 사람들이 아직 똑같다. 그들은 허공을 노려보고 이따금 좌석을 절거덕거린다. 아무도 누구에게도 말을 걸지 않는다. 이곳에 있는 동안 아무도 그녀에게 한마디도

하지 않았다. 간혹 플라스틱 전시대 위의 기념주화들을 구경하려고 실내를 가로지르는 사람들이 있을 뿐이다. 셰익스피어의 탄생 또는 사망 몇 주기인가를 기념해 제작된 주화가 그녀가 앉은 자리에서도 보인다. 한쪽 면에 해골이 있는 것을 보면 사망 쪽인 듯하다.

엘리자베스는 다시 책으로 돌아간다. 마침 읽고 있던 페이지에 셰익스피어의 인용구가 나온다. "'오, 멋진 신세계여!' 미란다는 아름다움이 가능하다고 선언하고 있었다. 악몽의 시계조차 훌륭하고 고상한 것으로 변형할 수 있다고 선언하고 있었다. '오, 멋진 신세계여!' 이것은 도전장이었다. 명령이었다." 소설이 비로소 셰익스피어와 제대로 만나는 순간 책에서 눈을 들어 기념주화를 바라보는 일이란 실로 대단한 경험이었다. 그녀가 몸을 움직이다 실수로 좌석을 절거덕거린다. 옆자리 여자가 살짝 공중으로 뜨는데 모르는지 신경 쓰지 않는지 아무 반응이 없다.

이처럼 비공동체적인 공동 대기석에 앉아 있다는 것이 우습다.

하지만 그 점에 대해 엘리자베스와 눈짓을 나눌 사

람이 없고 책과 기념주화에 대한 생각을 이야기할 대상은 더더욱 없다.

어쨌든 그것은 텔레비전이나 책에서는 어떤 의미가 있을지 모르지만 실생활에서는 아무 의미도 없는 우연의 일치에 불과하다. 셰익스피어의 탄생을 축하하기 위한 기념주화에는 무슨 말을 쓸까? 오, 멋진 신세계여. 그게 좋겠다. 그것이 태어나는 것과 어쩌면 조금 비슷할 것이다. 태어나는 순간을 기억하는 사람이 있기나 하다면 말이다.

안내 화면이 334번을 가리킨다.

안녕하세요. 사십 분쯤 후 엘리자베스가 창구 뒤에 있는 남자에게 말한다.

한 해의 날수네요. 남자가 말한다.

네? 엘리자베스가 말한다.

365라는 번호 말이에요. 남자가 말한다.

오늘 아침 여기 와 기다리면서 책 한 권을 거의 다 읽었어요. 엘리자베스가 말한다. 그러다 는 생각이, 기다려야 하는 사람들이 원하면 읽을 수 있게 책을 좀 비치하면 좋겠다 싶더군요. 조그만 도서관을 열거나 설치할 생각을 해 보셨어요?

재미있는 말씀이네요. 남자가 말한다. 여기 손님들 대부분은 우체국 서비스 때문에 온 게 아니에요. 도서관을 닫은 후로 비가 오고 날이 궂으면 여기로 와요.

엘리자베스가 자신이 앉았던 곳을 돌아본다. 그녀가 방금 일어난 자리에 이제 젊은 여자가 앉아 아기에게 젖을 물리고 있다.

어쨌든 문의 감사하고요, 손님이 만족할 만한 답을 드린 거라면 좋겠네요. 남자가 말한다.

그가 옆에 있는 단추를 눌러 366번을 창구로 부르려고 한다.

안 돼요! 엘리자베스가 말한다.

남자가 재미있어한다. 장난이었던 모양이다. 어깨가 위아래로 들썩이는데 소리는 전혀 나지 않는다. 웃음과 비슷하면서 웃음의 패러디 같은 동시에 천식 발작처럼도 보인다. 중앙 우체국 창구 뒤에서는 소리 내 웃으면 안 된다는 규정이 있는지도 모른다.

제가 여기에 일주일에 한 번밖에 오지 않아요. 엘리자베스가 말한다. 정말 그러셨다면 다음 주에 다시 와야

됐을 거예요.

남자가 그녀의 체크 앤드 센드 양식을 훑어본다.

그런데 정말 다음 주에 다시 오셔야 할 수도 있어요. 그가 말한다. 열에 아홉은 제대로 처리가 안 돼서요.

농담이시죠? 엘리자베스가 말한다.

농담 아니에요. 남자가 말한다. 여권을 갖고 농담을 할 순 없죠.

남자가 봉투에 든 서류를 창구 건너편 자기 자리에 모두 꺼내 놓는다.

검토를 시작하기 전에 미리 말씀드릴 건 오늘 손님의 체크 앤드 센드 양식을 검토할 경우 비용이 9파운드 75실링이라는 점이에요. 오늘 9파운드 75실링을 내셔야 한다는 말이에요. 작성하신 양식에 뭔가 틀린 게 있더라도 9파운드 75실링이고, 그 틀린 것 때문에 송부가 안 된다고 해도 그 비용은 지불하셔야 됩니다.

그렇군요. 엘리자베스가 말한다.

하지만. 그건 그렇지만요. 남자가 말을 잇는다. 뭔가가 잘못됐고 말씀드린 대로 오늘 9파운드 75실링을 지불했는데 잘못된 부분을 수정해 한 달 안으로 가져오시면 영수증을 보여 주시는 한 9파운드 75실링이 다시 부과되지는 않아요. 하지만 한 달 후에 가져오거나 영수증이 없다면 체크 앤드 센드 서비스 비용 9파운드 75실링이 추가로 부과될 거예요.

알았어요. 엘리자베스가 말한다.

오늘 체크 앤드 센드를 이용하고 싶으신 게 확실한가요? 남자가 말한다.

네에, 네. 엘리자베스가 말한다.

지금 내신 모호한 긍정의 소리 대신 네라고 해 주시겠어요? 남자가 말한다.

음. 엘리자베스가 말한다. 네.

오늘 체크 앤드 센드가 성공적이지 않아도 비용을 지불해야 한다고 해도요?

성공하지 않았으면 좋겠다 싶어지고 있어요. 엘리자베스가 말한다. 아직 못 읽은 고전들이 좀 있어서요.

본인이 재미있다고 생각하세요? 남자가 말한다. 기다리는 동안 작성하실 수 있게 불만 접수 양식이라도 갖다 드릴까요? 그럴 경우 제가 다른 손님을 도와드리는 동안 창구를 떠나 계셔야 하고 곧 점심시간이라 현재 위치를 잃을 테고 따라서 기계에서 번호표를 새로 뽑아 순서를 기다리셔야 한다는 점을 알려 드려야겠네요.

아무것에 관해서도 불평할 의사가 전혀 없는데요. 엘리자베스가 말한다.

남자가 그녀의 양식을 내려다본다.

성이 정말로 디맨드예요? 그가 말한다.

네에, 네. 엘리자베스가 말한다. 아니, 네.

이름에 맞게 사시는군요. 남자가 말한다. 이미 확증된 대로.*

음. 엘리자베스가 말한다.

그저 농담입니다. 남자가 말한다.

그의 어깨가 위아래로 들썩인다.

그리고 이름은 정확히 쓰신 거고요? 그가 말한다.

네. 엘리자베스가 말한다.

통상 이렇게 안 쓰는데. 남자가 말한다. 보통은 z를 쓰거든요, 제가 아는 바로는.

저는 s를 써요. 엘리자베스가 말한다.

---

* 'Demand'가 '요구하다'라는 뜻인 점에 착안한 야유이다.

고급스럽군요. 남자가 말한다.

그냥 제 이름이에요. 엘리자베스가 말한다.

주로 다른 나라 사람들이 이렇게 쓰지 않나요? 남자가 말한다.

그가 기간이 만료된 여권을 휘휘 넘겨 본다.

그런데 여기 보면 영국인이네요. 그가 말한다.

그래요. 엘리자베스가 말한다.

철자도 똑같이 s고요. 그가 말한다.

놀라운 일이죠. 엘리자베스가 말한다.

비꼬지는 마시고요. 남자가 말한다.

이어서 그는 기존 여권의 사진과 엘리자베스가 즉석 사진기에서 찍어 온 사진을 비교한다.

알아볼 수는 있어요. 그가 말한다. 간신히.(어깨가 들썩인다.) 그런데 이게 스물둘과 서른둘의 차이예요. 십 년 더 지나 새 여권을 받으러 오실 때 한번 또 보죠.(어깨가 들썩인다.)

그가 양식에 적힌 번호와 기존 여권에 찍힌 번호를 비교한다.

여행 가세요? 그가 말한다.

어쩌면요. 엘리자베스가 말한다. 혹시 몰라서요.

어디 가실 생각인데요? 그가 말한다.

여러 곳요, 아마도. 엘리자베스가 말한다. 누가 알아요? 세계는 굴이라잖아요.*

알레르기가 심해요. 남자가 말한다. 굴이라는 말 꺼내지 마세요. 제가 오늘 오후에 죽는다면 사람들에게 누구 탓이라고 말해야 할지 알겠네요.

어깨가 위로, 아래로 들썩인다.

그가 사진을 들여다보며 한쪽 입을 씰룩거리고 고개를 젓는다.

왜요? 엘리자베스가 말한다.

아니에요, 괜찮을 거예요. 그가 말한다. 머리카락 말이에요. 눈을 가리지 않아야 하거든요.

눈을 전혀 가리지 않았어요. 엘리자베스가 말한다. 근처도 아닌데요?

얼굴 가까이에도 없어야 돼요. 남자가 말한다.

---

* 셰익스피어의 『윈저의 명랑한 아낙네들』에 나오는 "세계는 나의 굴이나 마찬가지"라는 대사의 인용으로, 세계를 원하는 대로 개척하고 얻을 수 있다는 뜻이다.

머리에만 있어요. 엘리자베스가 말한다. 거기서 머리카락이 자라니까. 제 얼굴은 머리에 붙어 있고요.

그런 재담은 말이죠, 손님이 이 섬나라 밖 어느 곳이든 가는 데 꼭 필요한 여권을 발급해도 좋다는 규정에 하등의 영향도 미치지 않아요. 다시 말씀드리면, 아무짝에도, 쓸데없어요. 남자가 말한다.

그래요. 엘리자베스가 말한다. 고마워요.

괜찮을 것 같아요. 남자가 말한다.

다행이군요. 엘리자베스가 말한다.

잠깐. 남자가 말한다. 기다리세요, 잠깐만.

그가 자리에서 일어나 상체를 구부리더니 마분지 상자를 들고 몸을 일으킨다. 그 속에는 가위, 지우개, 스테이플러, 클립, 줄자 따위가 여러 개씩 들어 있다. 그가 줄자를 꺼내 들고 몇 센티미터를 당긴 뒤 그것을 엘리자베스의 사진 위에 얹는다.

맞네요. 그가 말한다.

네? 엘리자베스가 말한다.

그럴 줄 알았어요. 그가 말한다. 24밀리미터예요. 예상대로.

잘됐군요. 엘리자베스가 말한다.

잘된 게 아니에요. 남자가 말한다. 안됐지만 조금도 잘된 게 아니거든요. 얼굴 크기가 틀렸어요.

제 얼굴 크기가 어떻게 틀릴 수 있을까요? 엘리자베스가 말한다.

규격에 대한 지시 사항을 따르지 않으셨어요. 이용하신 즉석 사진기에 여권 사진 관련한 지시 사항이 있었다면 말이에요. 남자가 말한다. 물론 이용하신 즉석 사진기에 여권 사진 관련 지시 사항이 없었을 수도 있죠. 하지만 어찌 됐건 도움이 되지 않아요.

얼굴 크기가 얼마여야 하는데요? 엘리자베스가 말한다.

제출하는 사진의 올바른 얼굴 크기는 29밀리미터와 34밀리미터 사이랍니다. 남자가 말한다. 손님 사진은 5밀리미터가 모자라요.

왜 제 얼굴이 어떤 크기여야 하죠? 엘리자베스가 말한다.

규정이 그러니까요. 남자가 말한다.

안면 인식 기술 때문인가요? 엘리자베스가 말한다.

남자가 처음으로 그녀의 얼굴을 제대로 바라본다.

규정에 미달하는 양식은 물론 처리할 수 없습니다. 남자가 말한다.

그가 오른쪽에 있는 서류 뭉치에서 종이 한 장을 집어 든다.

스내피 스냅스에 가세요. 그가 이렇게 말하면서 종이 위의 조그만 동그라미 안에 금속 스탬프를 찍는다. 거기라면 정확한 규격에 맞게 찍어 드릴 겁니다. 어디로 여행하실 예정이죠?

음, 새 여권을 받기 전까진 아무 데도 못 가죠. 엘리자베스가 말한다.

그가 스탬프가 찍힌 동그라미 옆의 스탬프가 찍히지 않은 동그라미를 가리킨다.

오늘부터 한 달 안으로 가져오시면, 모든 게 정확하다면 체크 앤드 센드 비용 9파운드 75실링을 다시 지불하지 않으셔도 돼요. 참, 어디로 갈 생각이라고 하셨죠?

그런 말 하지 않았어요. 엘리자베스가 말한다.

제가 이 칸에 머리가 잘못됐다고 써도 오해하지 않으시기 바랍니다. 남자가 말한다.

그의 어깨가 들썩이지 않는다. 그가 칸 안에 "기타: 머리 크기 부정확"이라고 쓴다.

이게 텔레비전 드라마라면 말이에요, 이제 무슨 일이 일어날지 아세요? 엘리자베스가 말한다.

텔레비전, 그거 대부분 쓰레기예요. 남자가 말한다. 저는 스트리밍이 낫더라고요.

제 말은요, 다음 장면에서 당신은 굴 식중독으로 죽을 테고 저는 짓지도 않은 죄를 뒤집어쓰고 체포되리라는 거예요. 엘리자베스가 말한다.

암시의 힘이군요. 남자가 말한다.

힘의 암시죠. 엘리자베스가 말한다.

재치 한번 뛰어나시네요. 남자가 말한다.

그리고 또 사진 속 머리 크기가 잘못됐다는 생각은 제가 분명히 뭔가 큰 잘못이나 불법 행위를 저질렀거나 저지르리라는 의미겠죠. 엘리자베스가 말한다. 그리고 제가 안면 인식 기술에 대해 당신에게 물었다는 것, 그런게 존재한다는 걸 알고 그래서 여권 남낭자들이 그걸 이용하는지 당신에게 물었다는 것 또한 저를 용의자로 만들지요. 그뿐 아니라 지금까지 우리가 나눈 대화에 대한 당신의 독특한 태도에는 이름에 z 대신 s를 쓴다는 이유로 제가 무슨 정신병자쯤 된다는 생각까지 있으니까요.

네? 남자가 말한다.

드라마나 영화에서 아이가 자전거를 타고 지나갈 때 말이에요, 그러니까 영화나 드라마를 보는데 아이가 자전거를 타고 지나가는 거예요. 엘리자베스가 말한다. 그런데 그 아이가 멀어져 가는 모습을 특히 아이 뒤에서 카메라를 통해 보면요, 글쎄요, 뭔가 끔찍한 일이 일어나리라는, 절대로 이 아이를, 이 천진한 아이를 다시 보지 못하리라는 느낌이 들죠. 아이가 그냥 가게 같은 데를 가려고 자전거를 타고 나오는 게 아니거든요. 또는 행복한 남자나 여자가 차를 운전하는 경우도 있어요. 아무 일도 일어나지 않고 그냥 즐기며 차를 모는 거예요. 그런데 누군가가 집에서 그 사람이 돌아오기를 기다리는 쪽으로 편집돼 나오면 그 사람은 아마도 틀림없이 충돌 사고가 나서 죽게 돼 있어요. 만일 여자라면 납치돼서 잔혹한 성범죄에 희생되거나 실종될 수도 있죠. 그 사람이 파멸을 향해 달려가고 있다는 것만은 틀림없는 거예요.

남자가 체크 앤드 센드 영수증을 접어 엘리자베스

가 양식과 기존 여권과 부적합한 사진을 담아 건넨 봉투에 집어넣는다. 그가 창구 너머로 그것을 그녀에게 돌려준다. 그의 눈에서 끔찍한 낙담이 엿보인다. 그녀가 그것을 보고 있음을 그가 알아차린다. 그의 얼굴이 더욱 굳어진다. 그가 서랍을 열어 코팅한 종이를 꺼내 창구 앞에 내려놓는다.

이 창구는 이용할 수 없습니다.

이건 허구가 아니에요. 남자가 말한다. 여기는 우체국이에요.

엘리자베스는 뒤쪽의 문을 밀고 나가는 그를 바라본다.

그녀가 셀프서비스 줄을 뚫고 허구가 아닌 우체국을 나간다.

초록불에 길을 건너 버스 정류장으로 간다.

그녀는 대니얼을 보러 몰팅스 요양원에 갈 것이다.

대니얼은 아직 여기 있다.

엘리자베스가 그간 세 번 찾아갈 때마다 대니얼은 자고 있었다. 이번에도 도착해 보면 자고 있을 것이다. 그녀는 침대 옆에 있는 의자에 앉아 가방에서 책을 꺼낼 것이다.

멋진 구세계.

대니얼은 너무도 깊이 잠들어 다시는 깨어나지 않을 것처럼 보일 것이다.

안녕하세요, 글럭 씨. 그가 깨어난다면 그녀는 말할

것이다. 늦어서 죄송해요. 얼굴 크기가 규격 위반이라는 이유로 거절당하고 있었거든요.

하지만 이런 생각은 쓸데없다. 그는 깨어나지 않을 테니.

혹시 깨어난다면 그는 어디가 됐건 그가 지냈던 뇌 속의 어느 풍요로운 장소에 대한 이야기들을 가장 먼저 들려줄 것이다.

줄이 무척 길었어. 대니얼이 말할 것이다. 산 위까지 이어졌지. 새크라멘토산의 기슭에서 꼭대기까지 매춘부들이 줄지어 선 거야.

심각하게 들려요. 그녀가 말할 것이다.

심각했지. 그가 말할 것이다. 심각하지 않은 코미디란 없거든. 게다가 그는 최고의 코미디언이었어. 그는 사람들을 고용했어. 수백 명씩. 전부 다 진짜였어. 진짜 매춘부들이 영화에 매춘부로 나왔고, 외톨이들, 집 없는 떠돌이들도 진짜였어. 실제 골드러시처럼 보이게 하고 싶었던 거지. 지역 경찰이 매춘부들을 잡아들여 새크라멘토시로 이송할 때까지 임금을 주면 안 된다고 으름장을 놓았어. 온 동네가 그녀들로 넘쳐 날까 걱정됐던 거겠지.

그런데 그가 어릴 때 말이야, 결국 세계 최고의 부자이자 명사가 되어 죽었지만 하여튼 그가 어릴 때는 어머니가 정신 병원에 들어가는 바람에 아동 구빈원, 그러니까 고아원에서 자랐어. 크리스마스에 사탕 여러 개와 오렌지 하나가 든 주머니를 받았는데, 다른 아이들도 똑같이 받았지. 그런데 무슨 차이가 있었냐 하면 바로 이거야. 그가 받은 사탕들은 다음 해 10월까지 남아 있었다는 거.

그는 고개를 가로저을 것이다.

천재지. 그가 말할 것이다.

그리고 눈을 가늘게 뜨고 엘리자베스를 바라볼 것이다.

아, 안녕. 그가 말할 것이다.

그가 그녀의 손에 들린 책을 볼 것이다.

뭘 읽고 있니? 그가 말할 것이다.

엘리자베스가 책을 들어 보여 줄 것이다.

『멋진 신세계』예요. 그녀가 말할 것이다.

아, 그 케케묵은 거. 그가 말할 것이다.

제게는 새로워요. 그녀가 말할 것이다.

잠깐 동안의 그 대화? 상상 속의 일이다.

대니얼은 지금 수면 증가기이다. 엘리자베스가 그의 곁에 앉아 있으면 누가 됐든 근무 중인 간병인은 죽음이 가까워지면 수면 증가기가 온다고 꼭 설명해 줬다.

그는 아름답다.

침대 위의 그는 아주 조그맣다. 그저 머리뿐인 것 같다. 이제 그는 작고 연약하고 만화 속 고양이가 먹어 치운 만화 속 물고기의 가시처럼 앙상하다. 이불 아래 있는 그의 육체는 하도 무(無)에 가까워 거의 아무 인상도 남기지 않는다. 베개 위에 머리만 있고 그곳에 동굴이 하나 있는데 그것은 그의 입이다.

그의 눈은 감긴 채 젖어 있다. 들숨과 날숨의 간격이 길다. 그 긴 시간 동안 호흡이 전혀 없고, 따라서 그가 숨을 내쉴 때마다 다시는 들이쉬지 않을 가능성이 있는데, 사람이 그렇게 오래 숨을 쉬지 않는 것이 가능하지 않아 보이지만 그는 아직 숨을 쉬며 살아 있다.

고령이죠, 장수하셨어요. 간병인들은 말한다.

오래오래 잘 사신 거예요. 간병인들은 이제 머지않았다는 듯 말한다.

과연 그럴까?

그들은 대니얼을 모른다.

친척이세요? 글럭 씨의 친척을 수소문해 봤지만 허사였어요. 엘리자베스가 처음 갔을 때 접수원이 말했다. 엘리자베스는 주저 없이 거짓말을 했다. 그리고 휴대 전화 번호와 어머니의 집 전화번호와 주소를 댔다.

신원 증명이 좀 더 필요한데요. 접수원이 말했다.

엘리자베스는 여권을 꺼냈다.

여권의 기간이 만료됐네요. 접수원이 말했다.

맞아요, 하지만 한 달밖에 지나지 않았어요. 갱신할 거고요. 어쨌든 분명히 저잖아요. 엘리자베스가 말했다.

접수원이 허용되는 일들과 허용되지 않는 일들을 늘어놓았다. 그때 정문에서 휠체어의 바퀴가 경사로와 문 가장자리의 홈에 박혔고 접수원은 휠체어를 들어 올려 줄 사람을 찾으러 갔다. 뒤쪽에서 부하 직원이 나왔다. 그녀는 엘리자베스가 여권을 가방에 넣는 것을 보고는 여권 검사가 완료되었다고 짐작해 방문객 카드를 출력해 엘리자베스에게 주었다.

엘리자베스는 휠체어 바퀴가 박혔던 남자를 볼 때마다 미소를 지어 보인다. 남자는 저 여자가 누구지 하는 눈으로 뒤돌아본다. 그렇다, 사실이다. 그는 그녀를 모른다.

그녀는 복도에서 의자를 들여와 침대 옆에 놓는다.

그리고 혹시 대니얼이 눈을 뜰 것에 대비해(그는 관심 받기를 싫어한다.) 뭐든 가져온 책을 꺼낸다.

그녀는 『멋진 신세계』를 손에 들고 그의 머리 윗부분을 바라본다. 몇 올 남지 않은 머리카락 밑 피부에 돋은 검버섯들을 바라본다.

대니얼. 침대 위에서 그는 죽음처럼 고요하다(still).

하지만 아직(still). 아직은 여기 있다.

엘리자베스는 하릴없이 핸드폰을 꺼낸다. 그리고 뭐가 나오는지 한번 보려고 핸드폰에 'still'을 입력한다.

인터넷은 곧바로 일련의 예문들을 띄워 단어의 용례를 보여 준다.

모든 것이 얼마나 고요한가!
그녀는 아직 조너선의 손을 잡고 있었다.
그들이 뒤돌아보니 알렉스는 아직 말 위에 있었다.
그래도 그것은 근사해 보였다.
군중은 잠자코 서서 기다렸다.
그때 프삼티크가 또다른 새로운 계획을 시도했다.
그가 여전히 응답이 없자 그녀가 말을 계속했다.
라이트 형제를 아는 사람들이 아직 살아 있었다.*

아, 그래, 오빌과 윌. 그 모든 걸 시작한 엉뚱한 소년들이지. 그곳에 아주 고요히 누운 채 대니얼이 말없

* 모든 문장에 'still'이 포함되어 있다.

이 말한다. 하루 사이에 세상 어디든 갈 수 있게 해 주고 항공료와 세계 곳곳의 모든 따분하고 수선스러운 보안 검색 줄을 선사해 준 소년들. 하지만 장담컨대 예문에 'distillery'*라는 단어의 일부인 'still'은 없을걸.(그가 말한다, 또는 말하지 않는다.)

엘리자베스가 화면을 스크롤(scroll)하여 확인한다.

또 그 스크롤이란 단어 말이야. 대니얼이 말없이 말한다. 그건 2000년 동안 읽히지 않은, 헤르쿨라네움의 아직 발굴되지 않은 도서관에서 펼쳐지기를 기다리며 아직 말려 있는 두루마리(scroll)를 연상시키지.

그녀는 페이지 끝까지 화면을 스크롤한다.

맞아요, 글럭 씨. 위스키 양조장의 'still'은 없어요.

그래도(still) 나는 멋있어 보이거든. 대니얼이 말한다, 또는 말하지 않는다.

그곳 침대 위에 대니일은 아주 고요하게 누워 있고, 이런 말들을 하지 않는 동굴 같은 그의 입은 그녀가 아는 세계의 끝에 이어진 문턱이다.

---

* 양조장이라는 뜻이다.

엘리자베스는 허름한 공동 주택을 올려다보고 있다. 1960년대와 1970년대 영국 도시의 현대화가 한창이던 시절을 담은 예전 영상들 속에서 불도저에 밀려 무너지던 것과 흡사한 건물이다.

건물이 아직 서 있기는 하지만 주변 풍경은 황량하다. 이미 다른 집들은 충치를 뽑아내듯 거리에서 사라져 버렸다.

그녀가 문을 밀어 연다. 현관은 어둡고 벽지도 얼룩덜룩하고 칙칙하다. 앞쪽 방은 가구 한 점 없이 텅 비어 있다. 마룻바닥이 뜯겨 있는데, 누군지는 몰라도 이곳에 살거나 이곳을 불법 점유했던 이들이 벽난로 땔감으로 썼을 것이다. 벽난로의 선반 위에서 시작된 검댕 줄기가 천장까지 치솟아 있다.

그녀는 새하얀 벽을 상상한다. 실내의 모든 것이 새하얗게 칠해진 모습을 상상한다.

바닥에 난 구멍들조차 부서진 흰색 마룻널 틈으로 안쪽이 하얗게 칠해져 있다.

이 집의 창문들은 키가 큰 쥐똥나무 울타리를 향해 나 있다. 엘리자베스는 그 울타리도 하얗게 칠하기 위해 바깥으로 나간다.

안에는 대니얼이 삐져나온 충전재에도 흰색 유성 페인트를 칠해 뻣뻣해진 흰색 소파에 앉아 그녀가 하는 일을 보며 웃고 있다. 조그만 초록색 잎사귀들을 하나하나 칠하는 그녀를 보면서 그는 소리는 내지 않지만 아이처럼 두 발을 양손으로 잡고 웃음을 터뜨린다.

그가 그녀의 눈길을 붙잡는다. 그리고 한쪽 눈을 찡긋한다. 그 정도면 됐어.

두 사람은 무구한 순백의 공간에 함께 서 있다.

네. 그녀가 말한다. 이제 이걸 거액에 팔 수 있어요. 요즘에는 부자나 돼야 이렇게 미니멀리스트가 될 수 있으니까요.

대니얼이 어깨를 으쓱한다. 바뀌어 봤자 그게 그거지.

산책하러 갈까요, 글럭 씨? 엘리자베스가 말한다.

하지만 대니얼은 벌써 혼자 출발해 상당한 속도로 흰 사막을 가로지르고 있다. 그녀가 그를 따라잡으려 한다. 좀처럼 따라잡을 수 없다. 그는 계속 한참 앞질러 간다. 그들 앞으로 순백이 끝도 없이 펼쳐져 있다. 그녀가 어깨 너머로 돌아보니 그들 뒤로도 끝없이 이어져 있다.

어떤 사람이 국회 의원을 죽였대요. 그녀가 따라붙으려 애쓰며 대니얼의 등에 대고 말한다. 어떤 남자가 총을 쏘아 죽인 뒤 칼을 들고 달려들었대요. 총만으로는 충분치 않다는 듯. 하지만 이미 지난 뉴스가 됐어요. 예전 같으면 일 년은 갔을 뉴스지만. 요즘 뉴스는 정신없이 쫓기던(speeded-up) 한 무리의 양 떼가 절벽 아래로 떨어지는 것 같죠.*

* 토머스 하디의 『미친 군중으로부터 멀리』에 나오는 장면이다.

대니얼의 뒤통수가 끄덕인다.

각성제(speed)를 먹은 토머스 하디 같은 거예요. 엘리자베스가 말한다.

대니얼이 걸음을 멈추고 돌아본다. 그리고 다정한 미소를 짓는다.

그의 눈은 감겨 있다. 그가 숨을 들이쉰다. 그가 숨을 내쉰다. 그는 병원 침대 시트로 만든 옷을 입었다. 귀퉁이마다 병원 이름이 찍혀 있다. 상의 소매나 밑단 구석에 적힌 분홍색과 파란색 글자들이 이따금 보인다. 그가 흰색 주머니칼로 흰색 오렌지의 껍질을 벗긴다. 돌돌 말려 벗겨진 껍질이 높이 쌓인 눈 같은 순백 속으로 떨어져 사라진다. 그가 그것을 바라보다 못마땅한 듯 쯧 소리를 낸다. 그가 손에 든 오렌지 껍질을 바라본다. 그것은 하얗다. 그가 고개를 가로젓는다.

그가 무엇을 찾는 것처럼 주머니들과 가슴, 바지를 톡톡 친다. 그리고 마술사처럼 가슴에서, 쇄골에서 부유하는 주황색 덩어리를 뽑아낸다.

그가 거대한 망토 같은 그것을 눈앞의 순백 위로 던진다. 그것이 떨어지기 전에 손가락으로 살짝 집어 비튼 뒤 아직 쥐고 있는 너무도 흰 오렌지 둘레에 묶는다.

그의 손에 있는 흰색 오렌지가 본래의 색이 된다.

그가 고개를 끄덕인다.

그가 자신의 중심에서 초록색과 파란색을 손수건처럼 뽑아낸다. 손에 있는 오렌지가 세잔풍 색들로 변한다.

사람들이 들떠서 그의 주위에 모여든다.

사람들이 줄지어 서서 저마다 가져온 흰색 물체를 내민다.

익명의 사람들이 대니얼 밑에서 대니얼에 관해 트윗 분량의 논평들을 제시하기 시작한다. 그들은 사물을 변화시키는 그의 능력에 관해 언급한다.

논평들이 점점 더 불쾌해진다.

그들이 말벌 떼 같은 소리를 내기 시작하고 엘리자베스는 액체 배설물 같은 것이 그녀의 맨발 가까이 번져 오는 것을 알아차린다. 그녀는 그것을 밟지 않으려 애쓴다.

대니얼에게도 발밑을 조심하라고 일러 준다.

잠깐 일을 쉬시는 거예요? 간병인이 말한다. 그래도 되는 사람들도 있어요, 그렇죠?

엘리자베스가 정신을 차리고 눈을 뜬다. 무릎 위에 있던 책이 떨어진다. 그녀가 그것을 집는다.

간병인이 수액 주머니를 톡톡 친다.

일을 해야 먹고사는 사람들도 있고요. 그녀가 말한다.

그녀가 엘리자베스 쪽을 향해 한쪽 눈을 찡긋한다.

한참 멀리 가 있었어요. 엘리자베스가 말한다.

이분도 마찬가지예요. 간병인이 말한다. 정말 친절

하고 점잖은 신사분인데. 이제 이분이 그립네요. 수면 증가기예요. 상황이 보다 (여기서 잠깐 휴지(休止).) 최종적이 될 때 발생하죠.

휴지는 정밀한 언어야. 실제 언어보다 더 언어답지. 엘리자베스가 생각한다.

글럭 씨가 듣지 못하는 것처럼 말하지 말아 주세요. 그녀가 말한다. 저만큼 들을 수 있어요. 잠든 것처럼 보이지만요.

간병인이 들여다보던 차트를 침대 끝 가로대에 걸쳐 놓는다.

어느 날 이분을 씻겨 드리고 있었어요. 그녀가 엘리자베스도 없는 것처럼, 사람들이 없는 데 또는 사람들이 없는 듯 기능해야 하는 데 퍽 익숙한 것처럼 말한다.

휴게실에 텔레비전이 큰 소리로 켜져 있고 병실 문이 열려 있었죠. 이분이 도중에 눈을 뜨고 일어나 앉으시는 거예요. 슈퍼마켓 광고였어요. 상점 안에 있는 사람들 머리 위로 노래가 시작되고 장 보던 사람들이 물건들을 그냥 바닥에 던지더니 다 같이 춤을 춰요. 이분이 침대에 꼿꼿이 앉더니 제게 이래요. 이거 내 거야, 내가 쓴 곡이야.

늙은 호모야. 엘리자베스의 어머니가 낮은 소리로 말했다.

왜 하필이면 그 사람인데? 그녀가 보다 보통의 목소리로 말했다.

우리 이웃 사람이니까요. 엘리자베스가 말했다.

1993년 4월의 어느 화요일 저녁이었다. 엘리자베스는 여덟 살이었다.

하지만 모르는 사람인걸. 그녀의 어머니가 말했다.

이웃이 어떤 의미인지 이웃 사람과 이야기를 나눈

다음 말로 이웃 사람의 초상화를 그려야 해요. 엘리자베스가 말했다. 엄마가 함께 가 주셔야 하고요. 초상화를 그리기 위해 두세 가지 질문을 준비해서 이웃에게 해야 해요. 엄마가 함께 가 주셔야 해요. 얘기했잖아요. 금요일에요. 그러겠다고 하셨잖아요. 학교 숙제라고요.

그녀의 어머니는 눈 화장을 고치고 있었다.

뭐에 대해 물어볼 건데? 그녀의 어머니가 말했다. 그 사람이 가진 고상한 예술 작품들에 대해?

우리 집에도 그림이 있잖아요. 엘리자베스가 말했다. 그것들도 고상한 예술 작품들이에요?

그녀가 어머니 뒤쪽의 벽을 바라보았다. 강물과 작은 집이 그려진 그림. 진짜 솔방울 조각들을 박은 다람쥐 그림. 앙리 마티스의 무희들이 찍힌 포스터. 여자와 그녀의 치마와 에펠탑이 담긴 포스터. 그녀의 어머니가 어릴 적 외할머니와 외할아버지의 모습을 확대한 사진들과 어머니의 아기 때 사진들. 그녀 자신의 아기 때 사진들.

가운데가 뻥 뚫린 돌 있지? 그의 집 거실 한가운데 놔둔 거. 그녀의 어머니가 말했다. 그게 아주 고상한 예술 작품이란다. 내가 중뿔나게 보고 다닌 건 아니야. 그냥 지나가던 길이었지. 불도 켜져 있었고. 나뭇잎들을 주워 분류하는 숙제를 하는 줄 알았는데?

그건 삼 주 전이었어요. 엘리자베스가 말했다. 어디 나가세요?

애비에게 전화해서 질문하면 어떨까? 그녀의 어머니가 말했다.

애비는 더 이상 옆집에 살지 않잖아요. 엘리자베스가 말했다. 바로 지금 이웃인 사람이어야 돼요. 직접 만나서 인터뷰도 해야 되고요. 그 이웃 사람이 자란 곳은 어떤 곳이었고 내 나이일 때는 어떻게 살았는지 같은 걸 물어봐야 돼요.

사람들의 삶은 사적인 거야. 그녀의 어머니가 말했다. 멋대로 들이닥쳐서 온갖 질문을 할 수는 없어. 그건 그렇고. 도대체 학교에서는 왜 우리 이웃들에 대해 이딴 것들을 알고 싶어 하는 거라니?

그냥 알고 싶어 해요. 엘리자베스가 말했다.

그녀는 계단 꼭대기에 가 앉았다. 이제 그녀는 숙제를 제대로 하지 않은 전학생이 될 터였다. 그녀의 어머니는 곧 심야 테스코스로 쇼핑 다녀 오겠다고, 반 시간이면 돌아온다고 할 터였다. 하지만 두 시간 후에야 담배 냄새를 풍기며 돌아올 터였다. 테스코스에서 사 온 물건은 하나도 없을 터였다.

역사에 관한 거고 이웃으로 산다는 것에 관한 거예요. 엘리자베스가 말했다.

아마 영어도 잘 못할 거야. 그녀의 어머니가 말했다. 늙고 쇠약한 사람들을 쓸데없이 괴롭히면 안 돼.

쇠약하지 않아요. 엘리자베스가 말했다. 외국인도 아니고 늙지도 않았어요. 조금도 갇혀 있는 것처럼 보이지 않아요.

어때 보이지 않는다고? 그녀의 어머니가 말했다.

내일 해야 해요. 엘리자베스가 말했다.

좋은 생각이 있어. 그녀의 어머니가 말했다. 꾸며 내면 어떨까? 그 사람에게 질문하는 척하고 그 사람이 할 것 같은 대답을 적는 거야.

사실이어야 하는걸요. 엘리자베스가 말했다. 뉴스용이라고요.

아무도 모를 거야. 그녀의 어머니가 말했다. 꾸며 내. 진짜 뉴스도 어차피 늘 꾸며 내는 거야.

진짜 뉴스는 꾸며 내는 게 아니에요. 엘리자베스가 말했다. 뉴스잖아요.

이 이야기는 네가 좀 더 자라면 그때 하고. 그녀의 어머니가 말했다. 어쨌든. 꾸며 내기가 훨씬 더 어렵거든. 그러니까 정말 잘, 신빙성 있게 꾸며 내는 거 말이야. 기술이 훨씬 더 많이 필요하지. 이렇게 하자. 네가 시먼즈 선생님을 설득할 만큼 신빙성 있게 잘 꾸며 내면 「미녀와 야수」 그거 사 줄게.

비디오요? 엘리자베스가 말했다. 정말요?

그래. 그녀의 어머니가 한쪽 발을 축으로 몸을 돌려 옆모습을 살피며 말했다.

하지만 비디오플레이어도 고장 났잖아요. 엘리자베스가 말했다.

네가 선생님을 설득해 내면 새걸 사 줄게. 그녀의 어머니가 말했다.

정말이에요? 엘리자베스가 말했다.

그리고 만일 꾸며 냈다고 시먼즈 선생님이 혼내면 내가 학교에 전화를 걸어 꾸며 낸 게 아니라고, 다 사실이라고 말해 줄게. 그녀의 어머니가 말했다. 알았지?

엘리자베스는 컴퓨터 책상 앞에 앉았다.

그가, 그 이웃 사람이 정말로 아주 늙었다면 텔레비전에 나오는 노인들과는 전혀 달랐다. 그들은 항상 고무 가면 속에, 그것도 얼굴 크기의 보통 가면이 아니라 머리부터 발까지 길이의 전신 가면 속에 갇힌 듯 보였고 만약 그것을 뜯어내거나 갈라낼 수 있다면 본래 모습 그대로의 변하지 않은 젊은 사람이 들어 있다가 속에 있는 바나나를 꺼내면 남는 껍질 비슷한, 늙은 가짜 살갗 밖으로 홀연히 걸어 나올 것만 같았다. 하지만 그 살갗 안에 갇혀 있는 동안에는 사람들의, 적어도 영화나 코미디 프로그램에 나오는 사람들의 눈은 간절해 보였다. 다른 생물들의 체내에 알을 낳아 새끼들이 알을 깨고 나오면 그것을 먹을 수 있게 하는 말벌들처럼 모종의 사악한 이유에서 자신들이 텅 비고 늙은 자아 속에 갇혀 있음을 간접적으로나마 타인들에게 알리고자 하는 간절함이 보였다. 이 경우는 물론 말벌과 달리 늙은 자아가 젊은 자아를 갉아먹는 것이고, 그리하여 남은 것이라고는 눈구멍 뒤에 갇혀 탄원하는 눈뿐이었다.

그녀의 어머니는 현관에 있었다.

안녕. 그녀가 외쳤다. 금방 올게.

엘리자베스가 현관 쪽으로 달려간다.

'우아한'이라는 단어의 스펠링이 뭐예요?

현관문이 닫혔다.

이튿날 저녁밥을 먹은 뒤였다. 그녀의 어머니가 수첩을 쓰던 면이 나오게 접어 들고 뒷문으로 나가서 정원을 지나 아직 햇빛이 남은 울타리에 이르더니 그 너머로 몸을 기울이고 수첩을 흔들었다.

안녕하세요? 그녀가 말했다.

엘리자베스는 뒷문에서 지켜보았다. 이웃 사람은 아직 남은 햇빛 속에서 와인을 마시며 책을 읽고 있었다. 그가 정원 탁자에 책을 내려놓았다.

아, 안녕하세요? 그가 말했다.

저는 웬디 디맨드예요. 그녀가 말했다. 옆집에 사는 이웃이지요. 딸아이랑 이사 오고 나서 한번 찾아뵙고 인사드리고 싶었어요.

대니얼 글럭입니다. 그가 자리에서 일어났다.

이렇게 뵙게 되어 기뻐요, 글럭 씨. 그녀의 어머니가 말했다.

대니얼이라고 불러 주세요. 그가 말했다.

그는 잘 차려입은 전투기 조종사들에게 어떤 사건들이 일어나는 옛날 흑백영화들에서 들을 수 있는 목소리를 갖고 있었다.

네, 저, 정말 귀찮게 하고 싶진 않아요. 그녀의 어머니가 말했다. 그런데 괜찮으시다면, 뻔뻔스럽다고 생각하지 않으신다면 제 딸아이가 학교 숙제로 글럭 씨에 대해 쓴 글을 한번 읽어 주실 수 있나 해서요.

저에 대해서요? 이웃 사람이 말했다.

사랑스러운 글이랍니다. 그녀의 어머니가 말했다. '우리 이웃 사람에 대한 말로 그린 초상화'예요. 저는 좋게 나오지 않지만. 그런데 읽어 보니, 그리고 정원에 앉아 계신 모습을 보니 이런 생각이 드는 거예요. 그러니까 매력적인 글이라는 생각요. 뭐, 저야 굴욕적으로 그려졌지만요. 하지만 글럭 씨에 대해서는 아주 매혹적으로 썼어요.

엘리자베스는 소름이 끼쳤다. 머리끝에서 발끝까지 소름이 끼쳤다. 소름이 끼친다는 관념이 아가리를 벌리고 그녀를 통째로 삼켜 버린 것 같았다. 바로 노인들의 물컹한 살갗이 그러듯.

그녀는 문 뒤로 한 걸음 물러나 숨었다. 이웃 사람이 판석 위에서 의자를 끄는 소리가 들렸다. 그가 울타리에 있는 어머니에게 다가오는 소리가 들렸다.

이튿날 학교에서 돌아와 보니 집에 들어가려면 거쳐야 하는 정문 옆의 정원 담장 위에 이웃 사람이 책상다리를 하고 앉아 있었다.

그녀는 길모퉁이에 꼼짝도 않고 멈춰 섰다.

그 집에 살지 않는 척 지나쳐 가 버릴 셈이었다.

어차피 그는 그녀를 못 알아볼 터였다. 다른 거리에 사는 아이로 여길 터였다.

그녀가 지나쳐 갈 태세로 길을 건넜다. 그가 책상다리를 풀고 일어섰다.

그가 뭐라고 하는데 길가에 다른 사람이 없었으니 분명 그녀에게 하는 말이었다. 피할 노리가 없었다.

안녕? 그가 길 건너편에서 말했다. 혹시 마주치면 좋겠다 싶었다. 나는 네 이웃 사람이고, 이름은 내니얼 글럭이야.

사실 저는 엘리자베스 디맨드가 아니에요. 그녀가

말했다.

그녀는 계속해서 걸었다.

아. 그가 말했다. 아니구나. 알았다.

저는 다른 사람이에요. 그녀가 말했다.

그녀가 걸음을 멈추고 돌아섰다.

그걸 쓴 건 우리 언니예요. 그녀가 말했다.

알았다. 그가 말했다. 그런데 어쨌든 네게 하고 싶은 말이 있었다.

뭔데요? 엘리자베스가 말했다.

내 생각에 네 성은 본래 프랑스에서 온 것 같구나. 글럭 씨가 말했다. 프랑스어 드하고 몽드에서 나온 건데 합쳐져서, 번역하면 '세상의'라는 의미가 되지.

정말요? 엘리자베스가 말했다. 우리는 줄곧 '요구하다'라는 뜻의 디맨드로만 알고 있었어요.

글럭 씨가 보도 연석에 앉아 무릎을 팔로 감싸 안았다. 그리고 고개를 끄덕였다.

'세상의' 또는 '세상에서', 그래, 그런 것 같아. 그가 말했다. 어쩌면 '사람들의'일 수도 있지. 에이브러햄 링컨이 "국민의, 국민에 의한, 국민을 위한"이라고 했듯이.

(그는 늙지 않았다. 그녀의 생각이 옳았다. 정말 늙은 사람은 책상다리를 하고 앉지도, 무릎을 그렇게 감싸 안지도 않았다. 늙은 사람들은 전기 충격기에 맞은 것처럼 멍하니 거실에 앉아 있을 뿐 아무 일도 하지 않았다.)

제, 아니 우리 언니의 세례명, 그러니까 이름인 엘리자베스가 신에게 약속한다는 뜻이라는 건 알아요. 엘리자베스가 말했다. 그건 조금 어려운 일이죠. 왜냐하면 제가 신을 믿는지, 아니 그러니까 언니가 신을 믿는지 확신할 수 없으니까요.

우리에게 닮은 점이 하나 더 있구나. 그가 말했다. 아니, 네 언니하고 나 말이다. 사실 내가 살아온 역사에 따르면 네 언니의 이름인 엘리자베스는 언젠가 그 아이가 아마도, 아주 예기치 않게 여왕이 되리라는 뜻인 것 같구나.

여왕요? 엘리자베스가 말했다. 아저씨처럼요?*

음……. 이웃 사람이 말했다.

정말 좋을 것 같아요. 엘리자베스가 말했다. 늘 고상

* 앞에서 엘리자베스의 어머니가 대니얼을 두고 늙은 호모(old queen)라고 말했다.

한 예술 작품들과 함께 살 수 있을 테니까요.

아. 이웃 사람이 말했다. 그렇구나.

그런데 엘리자베스를 z가 아니라 s로 써도 그런 뜻이 되나요? 엘리자베스가 말했다.

당연하지. 확실해. 그가 말했다.

엘리자베스가 이웃 사람 쪽으로 길을 건넜다. 그러고는 조금 떨어진 곳에 섰다.

아저씨 이름은 무슨 뜻이에요? 그녀가 말했다.

운이 좋고 행복하다는 뜻이야. 그가 말했다. 글럭이라는 성 말이다. 그리고 사자 굴에 내던져져도 살아남을 거라는 뜻인데, 그건 이름 쪽이야. 혹시 꿈을 꿨는데 무슨 뜻인지 모르겠으면 내게 물어봐도 돼. 이름에 해몽 능력도 들어 있으니까.

정말 할 수 있으세요? 엘리자베스가 말했다.

그녀는 이웃 사람과 약간 거리를 두고 보도 연석에 앉았다.

사실은 젬병이야. 그가 말했다. 하지만 뭔가 유용하고 재미있고 현명하고 친절한 걸 꾸며 낼 수는 있지. 그것 또한 우리가, 너와 내가 닮은 점이구나. 우리가 원한다면 다른 사람이 되는 능력 말이다.

아저씨하고 우리 언니가 닮았다는 말씀이시겠죠. 엘리자베스가 말했다.

그래, 맞아. 이웃 사람이 말했다. 너희 둘 다 마침내, 이렇게 만나서 아주 반갑구나.

마침내라니 무슨 말씀이세요? 엘리자베스가 말했다. 우리는 겨우 육 주 전에 이사 왔어요.

평생의 친구. 그가 말했다. 우리는 때로 평생을 기다려서 평생의 친구를 만나게 된단다.

그가 손을 내밀었다. 그녀도 일어서서 다가가 손을 내밀었다. 그가 그녀의 손을 잡고 흔들었다.

또 보자, 예기치 않은 세상의 여왕. 국민을 잊지 말고. 그가 말했다.

투표가 끝난 지 일주일이 조금 넘었다. 엘리자베스의 어머니가 사는 마을의 하이 거리에는 여름 축제를 알리는 깃발이 내걸렸다. 빨간색, 흰색, 파란색의 비닐 조각들이 찌푸린 하늘에 걸려 있다. 당장 비가 내리지는 않고 도로도 말라 있지만 삼각형 비닐 조각들이 맞부딪치게 하는 바람 때문에 하이 거리에 비가 쏟아지는 것 같은 소리가 난다.

마을의 분위기도 음울하다. 엘리자베스는 버스 정류장 가까이에 있는 작은 집을 지나친다. 문에서 시작해

위쪽 창까지 전면에 "네 나라로 돌아가"라는 글자들이 검은 페인트로 칠해져 있다.

사람들은 시선을 깔거나 돌리거나 그녀를 빤히 쳐다봐 시선을 돌리게 만든다. 그녀가 어머니를 위해 과일이나 진통제, 신문 따위를 사는데, 가게 안에 있는 사람들이 전과 달리 무심하게 말한다. 버스 정류장에서 어머니의 집까지 가는 길에서 지나친 사람들이 그녀를, 그리고 그녀 또한 그들을 전과 달리 오만하게 대한다.

그녀가 도착하자 그녀의 어머니는 마을 사람들 가운데 절반이 나머지 절반과 말을 하지 않는다고, 그래 봤자 마을 사람들이 본래 자신에게 말을 하지 않고 그곳에 산 지 십 년이 다 됐는데도 그 사실조차 모르기 때문에 (이 지점에서 조금 신파조가 된다.) 별로 달라진 것은 없다고 전한 뒤 주방 벽에 육지 측량부에서 제작한 지역 지도를 다느라 망치질을 하고 있다. 동네 전파사이자 가전제품 매장이었으나 이제 플라스틱 불가사리들과 도자기 비슷해 보이는 물건들과 원예 도구들과 1950년대의 실용주의적 유토피아를 본떠서 만들었음직한 캔버스 천 원예 장갑 등을 파는 가게에서 사 온 것이다.

그럴싸하고 생각보다 값은 나가지만 사 두면 제대로 된 삶을 살게 된다고 설득하는 물건들을 파는 가게라고, 그녀의 어머니가 작은 못 두 개를 입술에 여전히 문 채 말한다.

1962년에 제작된 지도야. 그녀의 어머니가 이미 붉은색 마커로 새 해안선을 그려 두었다.

그녀가 붉은 선을 따라 내륙 쪽으로 제법 들어온 지점을 가리킨다.

여기가 바로 열흘 전에 2차 세계 대전 당시의 토치카가 바다로 떨어진 곳이고. 그녀가 말한다.

그녀가 해안에서 가장 먼 반대 지점을 가리킨다.

여기에 새 울타리가 세워졌어. 그녀가 말한다. 봐.

그녀는 '공유지'라는 단어의 '공' 자를 가리키고 있다.

꼭대기에 얹힌 윤형 철조망에 보안용 카메라가 줄지어 박힌 3미터 높이의 울타리가 마을 인근 지대에 새로 세워졌다고 한다. 그것은 바늘금작화, 모래밭, 웃자란 풀, 보잘것없는 나무들과 들꽃들밖에 없는 땅을 둘러싸고 있었다.

가서 한번 봐. 그녀의 어머니가 말한다. 네가 뭐라도

해 주면 좋겠다.

내가 뭘 할 수 있겠어요? 엘리자베스가 말한다. 나는 미술사 강사예요.

그녀의 어머니가 고개를 젓는다.

뭘 해야 할지 알게 될 거야. 그녀가 말한다. 넌 젊잖아. 자, 둘이 같이 가자.

그들은 일방통행로를 걷는다. 길 양쪽에 풀이 높게 자라 있다.

그 사람이, 너의 글럭 씨가 아직 살아 있다니 믿어지지 않아. 그녀의 어머니가 말한다.

몰팅스 요양원 사람들도 다 그렇게 말하더라고요. 엘리자베스가 말한다.

전에, 그때도 벌써 늙었더랬는데. 그녀의 어머니가 말한다. 백 살도 넘었을 거야. 틀림없어. 1990년대에 여든이었으니까. 길을 걸을 때도, 기억나지? 나이가 들어 허리가 이렇게 굽어 있었잖아.

그래도 늘 무용수 같다고 했잖아요. 엘리자베스가 말한다.

늙은 무용수. 그녀의 어머니가 말한다. 허리가 완전

히 굽어 있었어.

유연하다고도 했고요. 엘리자베스가 말한다.

이어서 말한다.

아, 맙소사.

그들 앞에는 그녀의 어머니가 이곳으로 이사 온 후 엘리자베스가 몇 번 걸었던 길가를 가로질러, 그리고 어느 쪽으로 고개를 돌려도 보이는 곳은 다 가로막은 거대한 철망 울타리가 서 있었다.

그녀의 어머니가 울타리 근처의 파헤쳐진 땅바닥에 주저앉는다.

지쳤어. 그녀가 말한다.

3킬로미터밖에 안 되잖아요. 엘리자베스가 말한다.

그게 아니라 뉴스에 지쳤다고. 그녀의 어머니가 말한다. 별것도 아닌 일에는 대단한 일인 양 호들갑을 떨고 정말 끔찍한 일은 단순하게 다루는 거 말이야. 분노에 지쳤고, 야비함에 지쳤고, 이기주의에도 지쳤어. 그걸 막아내려는 노력이 전혀 없는 데 지쳤고, 오히려 그걸 조장하는 데 지쳤어. 현재의 폭력에 지쳤고 아직 일어나지 않았지만 다가올 폭력에도 지쳤어. 거짓말쟁이들에 지쳤어.

아닌 척하는 거짓말쟁이들에, 그들이 이런 일을 유발한 데 지쳤어. 그들이 멍청해서 그런 건지 고의로 그런 건지 궁금해하는 데도 지쳤어. 거짓말을 일삼는 정부들에 지쳤어. 거짓말을 듣거나 말거나 더 이상 신경도 쓰지 않는 사람들에 지쳤어. 이렇게 두려워해야 하는 데 지쳤어. 적대감에 지쳤어. 무기력적대감에 지쳤어.

그런 단어는 없을걸요. 엘리자베스가 말한다.

맞는 단어를 모르는 데도 지쳤어. 그녀의 어머니가 말한다.

엘리자베스는 바닷속에 있는, 해체된 옛날 토치카의 벽돌들을, 조수에 뒤덮인 채 구멍들에서 기포가 솟구치는 모습을 상상한다.

나는 물속의 벽돌이다. 그녀가 생각한다.

딸의 주의가 흐트러진다고 느낀 그녀의 어머니가 잠시 울타리 쪽으로 축 늘어진다.

어머니에 지친(찾아온 지 한 시간 반밖에 안 됐는데 벌써) 엘리자베스가 철망 울타리 곳곳에 붙은 작은 클립들을 가리킨다.

조심해요. 그녀가 말한다. 아마 전기가 흐를 거예요.

온 나라에 고통과 환희가 있었다.

폭풍에 송전선이 철탑을 부러뜨리고 나무와 지붕과 차량들 위의 상공을 지져 대듯 그 사건은 온 나라를 강타했다.

온 나라에서 사람들은 그것이 잘못된 일이라고 느꼈다. 온 나라에서 사람들은 그것이 잘된 일이라고 느꼈다. 온 나라에서 사람들은 자신들이 진정으로 패배했다고 느꼈다. 온 나라에서 사람들은 자신들이 진정으로 승리했다고 느꼈다. 온 나라에서 사람들은 자신들이 옳은 일을 했고 다른 사람들은 그른 일을 했다고 느꼈다. 온 나라에서 사람들은 구글에서 "유럽 연합은 무엇인가?"를 검색했다. 온 나라에서 사람들은 구글에서 "스코틀랜드 이주"를 검색했다. 온 나라에서 사람들은 구글에서 "아일랜드 여권 신청"을 검색했다. 온 나라에서 사람들은 상대방을 잡년이라고 불렀다. 온 나라에서 사람들은 안전하지 않다고 느꼈다. 온 나라에서 사람들은 미친 듯이 웃어댔다. 온 나라에서 사람들은 자신의 의견이 정당화되었다고 느꼈다. 온 나라에서 사람들은 상실감과 충격을 느꼈다. 온 나라에서 사람들은 자신이 온당하다고 느꼈다. 온 나라에서 사람들은 역겨움을 느꼈다. 온 나라에서 사람들은 눈앞에서 역사가 펼쳐지고 있다고 느꼈다. 온 나라에서 사람들은 역사가 무의미하다고 느꼈다. 온 나라에서 사람들은 자신이 깡그리 무시된다고 느꼈다. 온 나라에서 사람들은 그것에 희망을 걸었다. 온 나라에서 사람들은 빗속에서 깃발을 흔들었다. 온 나라에서 사람들은 나치 상징 그래피티를 그렸다. 온 나라에서 사람들은 다른 사람들을 위협했다. 온 나라에서 사람들은 사람들에게 떠나라고 했다. 온 나라에서 언론은 제정신을 잃었다. 온 나라에서 정치인들은 거짓말을 했다. 온 나라에서 정치인들이 실종됐다. 온 나라에서 약속들이 실종됐다. 온 나라에서 사회관계망 서비스가 제구실을 했다. 온 나라에서 상황이 고약해졌다. 온 나라에서 아무도 그것에 대해 이야기하지 않았다. 온 나라에서 아무도 다른 것에 대해서는 이야기하지 않았다. 온 나라에서 사람들은 이민자들을 혐오해서가 아니라고 말했다. 온 나라에서 사람들은 관리 문제라고 말했다. 온 나라에서 모든 것이 하룻밤 새 변했다. 온 나라에서 가진 자와 못 가진 자는 변함없이 그대로였다. 온 나라에서 평소대로 극히 일부의 사람들이 평소대로 엄청난 수의 사람들을 이용해 돈을 벌었다. 온 나라에서 돈, 돈, 돈, 돈이 넘쳤다. 온 나라에서 돈, 돈, 돈, 돈이 씨가 말랐다.

온 나라에서 나라가 산산조각이 났다. 온 나라에서 나라들이 조각나 떠돌았다.

온 나라에서 나라가 갈라지고 여기에는 울타리가 서고 저기에는 담장이 올라갔으며, 여기에서는 선이 그어지고 저기에서는 선이 건너졌다.

여기는 건너지 않는 선,

저기는 건너지 않는 편이 좋을 선,

여기는 아름다움의 선,

저기는 선무(線舞),

여기는 있는 줄도 모르는 선,

저기는 감당할 수 없을 선,

완전히 새로 구축된 사선(射線),

전선(戰線),

선의 끝,

여기 그리고 저기.

2015년 9월 하순 남프랑스의 니스 특유의 온화한 월요일이었다. 거리에 나온 사람들은 상단에 나치 상징이 그려진 붉고 긴 현수막이 주 청사 건물 앞에 드리워져 발코니 앞쪽으로 내려앉는 모습을 지켜보고 있었다. 어떤 사람들은 비명을 실렀다. 고함 소리와 손가락질이 소용돌이를 이루었다.

사실은 어느 회고록을 각색한 영화의 제작 팀이 이탈리아가 연합군에 항복한 직후 게슈타포가 대신 쳐들어오면서 나치 친위대 장교 알로이스 브루너가 사무실 겸 처소로 쓴 엑셀시오르 호텔을 재현하기 위해 청사 건물을 이용한 것이었다.

이튿날 《데일리 텔레그래프》는 지역 당국이 영화 제작 계획을 사전에 충분히 고지하지 않은 것에 대해 사과했으며 혼란과 분노를 느끼던 군중이 이내 셀카 경쟁에 들어갔다고 보도했다.

기사 끝에 온라인 여론 조사가 붙어 있었다. 지역민들이 현수막에 분노한 것은 정당한가? 그렇다/아니다.

투표자가 4000명에 가까웠다. 70퍼센트가 '아니다'를 택했다.

1943년 9월 하순 남프랑스의 니스 특유의 온화한 금요일이었다. 스물두 살의 아나 글럭(신분증에는 본명 대신 아드리엔 알베르라는 이름이 적혀 있었다.)은 트럭 뒤칸 바닥에 앉아 있었다. 지금까지 아홉 명을 태웠다. 다 여자였고 다 모르는 사람들이었다. 아나와 맞은편 여자의 눈이 마주쳤다. 여자가 시선을 내렸다가 들었다. 그리고 두 사람은 금속 바닥으로 시선을 떨구었다.

동반 차량은 따로 없었다. 앞좌석에는 운전수와 호송병, 아주 젊은 장교가, 뒷좌석에는 그보다도 젊은 남자

둘이 타고 있었다. 반은 개방되고 반은 캔버스 천 루핑을 댄 트럭이었다. 거리의 사람들은 지나쳐 가는 그들의 머리와 호송병들을 볼 수 있었다. 아나가 트럭에 기어 올라갈 때 장교가 뒷좌석의 남자들 중 하나에게 조용히 지키라고 하는 소리가 들렸다.

하지만 거리의 사람들은 아무것도 몰랐다. 또는 그러기를 택했다. 보고도 눈길을 돌렸다. 보았지만 보고 있지 않았다.

거리는 밝고 반짝였다. 태양이 놀랄 만큼 아름다운 빛을 건물들을 타고 트럭 뒤칸까지 보내왔다.

두 명을 더 태우려고 트럭이 길가에 멈췄을 때 아나와 맞은편 여자의 눈이 다시 마주쳤다. 여자가 거의 보이지 않게 머리를 움직여 동의를 표했다.

트럭이 급정거했다. 교통 체증. 길을 완전히 잘못 고른 터였다. 잘됐어. 그리고 후각이 그녀에게 알려 준 것은 금요일 수산 시장. 번잡할 터였다.

아나가 일어섰다.

호송병 하나가 앉으라고 했다.

맞은편 여자도 일어섰다. 트럭 위의 여자들이 하나

씩 차례로 일어섰다. 호송병이 앉으라고 소리쳤다. 두 호송병이 같이 소리쳤다. 그중 하나가 그들을 향해 총을 휘둘렀다.

이 도시는 아직 이것에 익숙하지 않아. 아나는 생각했다.

비켜요. 아나에게 고갯짓을 한 여자가 남자들에게 말했다. 우릴 다 죽일 수는 없어요.

이 사람들을 어디로 데려가는 거예요?

어떤 여자가 트럭 옆으로 다가와 안을 들여다보고 있었다. 시장에 나와 있던 우아한 여자들과 머릿수건을 쓴 생선 장수 처녀들이며 아낙들이 그녀 뒤로 적잖이 모여들었다.

그러자 장교가 트럭에서 내리더니 어디로 데려가느냐고 물은 여자의 얼굴을 밀쳤다. 그녀가 나자빠져 차량 진입 방지용 돌기둥에 머리를 찧었다. 우아한 모자가 벗겨졌다.

모여들었던 여자들이 자기들끼리 붙어 섰다. 그들이 숨죽이는 소리가 들렸다. 그것은 그림자처럼, 구름층처럼 온 시장으로 번져 갔다.

숨죽이는 소리가 야생 동물에게 덮쳐 오는, 새소리를 따라오는, 한낮에 밤이 내리는 일식 때의 정적 같다고 아나는 생각했다.

실례하겠습니다. 아나가 말했다. 저는 여기서 내릴게요.

트럭 위의 여자들이 옆으로 비켜 그녀에게 길을 터 주고 먼저 내리게 해 주었다.

1995년 10월 연휴 중의 금요일이었다. 엘리자베스는 열한 살이었다.

옆집 글럭 씨가 오늘 너를 돌봐 줄 거야. 그녀의 어머니가 말했다. 내가 또 런던에 가야 해서.

대니얼이 나를 돌봐 주지 않아도 돼요. 엘리자베스가 말했다.

너는 열한 살이야. 그녀의 어머니가 말했다. 선택의 여지가 없다는 말이지. 그리고 그를 대니얼이라고 부르지 마. 글럭 씨라고 불러. 예의 바르게 굴고.

엄마가 예의에 대해서 뭘 알아요? 엘리자베스가 말했다.

그녀의 어머니가 그녀를 쏘아보더니 아빠를 꼭 빼닮았다는 소리를 다시 늘어놓았다.

잘됐네요. 엘리자베스가 말했다. 난 절대 엄마처럼 되고 싶지 않으니까.

어머니가 나가자 엘리자베스는 현관문을 잠그고 뒷문까지 잠갔다. 그리고 거실 커튼을 치고 앉아 불붙인 성냥들을 소파에 떨어뜨리며 새로 산 소파 세트의 내화성을 테스트했다.

앞마당을 걸어 올라오는 대니얼의 모습이 커튼 사이로 보였다. 그녀는 그러지 않으려고 마음먹었음에도 문을 열었다.

안녕. 그가 말했다. 뭘 읽고 있니?

엘리자베스가 그에게 빈손을 보여 주었다.

제가 무언가를 읽고 있는 것처럼 보이세요? 그녀가 말했다.

언제나 뭐든 읽고 있으렴. 그가 말했다. 물리적으로 읽고 있지 않을 때도. 그러지 않고 어떻게 세상을 읽을 수 있겠니? 상수(constant)로 생각해.

항구적인(constant) 뭐요? 엘리자베스가 말했다.

항구적인 항구성. 대니얼이 말했다.

둘은 운하의 제방을 따라 산책을 했다. 누군가를 지나칠 때마다 대니얼은 안녕하세요 하고 인사를 했다. 맞인사를 하는 이들도 있고 하지 않는 이들도 있었다.

낯선 사람들에게 말을 거는 건 별로 좋지 않아요. 엘리자베스가 말했다.

나처럼 나이 들면 괜찮아. 대니얼이 말했다. 네 나이라면 좋지 않지.

제 나이의 사람인 데, 선택의 여지가 없는 데 지쳤어요. 엘리자베스가 말했다.

신경 쓰지 마. 대니얼이 말했다. 눈 깜짝할 새에 지나가니까. 자, 말해 봐라. 뭘 읽고 있니?

가장 최근에 읽은 건 『질의 짐카나』*예요. 엘리자베스가 말했다.

아. 그래, 무슨 생각이 들던? 대니얼이 말했다.

---

* 영국의 유명 아동 작가 루비 퍼거슨의 '질' 시리즈 소설. 짐카나는 승마술 대회를 말한다.

무슨 내용이냐고요? 엘리자베스가 말했다.

그것도 좋고. 대니얼이 말했다.

아버지가 죽은 소녀에 대한 이야기예요. 엘리자베스가 말했다.

이상하구나. 대니얼이 말했다. 그보다 말에 대한 이야기일 것 같은데.

말 이야기가 많이 있기는 하죠, 당연히. 엘리자베스가 말했다. 사실 죽게 되는 아버지는 등장하지 않아요. 아예 나오지 않아요. 그냥 그가 없다는 점이 그들이 이사를 다니고 어머니가 일을 해야 하는 이유인 거죠. 그리고 딸이 말에 관심을 갖게 되고, 짐카나가 열리고 하는 이야기예요.

한데 네 아버지는 돌아가시지 않았지? 대니얼이 말했다.

네. 엘리자베스가 말했다. 리즈에 사세요.

짐카나라는 단어 말이다. 대니얼이 말했다. 멋진 말이야. 여러 언어에서 자랐지.

말은 자라지 않아요. 엘리자베스가 말했다.

말도 자란단다. 대니얼이 말했다.

말은 식물이 아니에요. 엘리자베스가 말했다.

말도 유기체(organism)란다. 대니얼이 말했다.

오레가노이즘(oregano-ism).* 엘리자베스가 말했다.

허브의(herbal)와 말의(verbal). 대니얼이 말했다. 언어는 양귀비 같은 거야. 무언가로 땅을 좀 휘저어 주기만 하면 잠자던 말들이 선홍색으로 싱싱하게 피어나 퍼지거든. 그러다가 씨앗 주머니끼리 부딪쳐 씨앗이 떨어지면 더 많은 언어가 나올 준비를 하고 기다린단다.

저나 제 삶에 대한 것도 아니고 우리 엄마에 대한 것도 아닌 질문을 하나 해도 될까요? 엘리자베스가 말했다.

뭐든지 맘껏 물어보렴. 대니얼이 말했다. 하지만 썩 괜찮은 답을 알지 못하면 대답을 못 할 수도 있어.

좋아요. 엘리자베스가 말했다. 사람들하고 호텔에 가 놓고 돌볼 책임이 있는 아이에게는 다른 일을 하고 있었던 척해 본 경험 있으세요?

아. 대니얼이 말했다. 대답하기 전에 네 질문에 도덕적 판단이 내포돼 있는지 알아야겠는데?

---

* 오레가노는 허브의 일종이다.

제가 드린 질문에 대답하기 싫으시면요, 글럭 씨, 그냥 그렇다고 하세요. 엘리자베스가 말했다.

대니얼이 웃었다. 그리고 웃음을 그쳤다.

그건 네 질문의 요점이 뭔지에 달려 있어. 그가 말했다. 호텔에 가는 행위에 대한 거니? 아니면 호텔에 가거나 가지 않는 사람들에 대한 거니? 아니면 척하는 것에 대한 거니? 그것도 아니면 아이에게 무슨 척하는 행위에 대한 거니?

네. 엘리자베스가 말했다.

그렇다면 나 자신이 누구하고 호텔에 가 봤느냐는 개인적 질문이니? 그리고 그러면서 누군가 다른 사람에게 내가 한 일을 하지 않은 척했느냐는 거니? 아니면 내가 그런 척하거나 척하지 않은 사람이 어른이 아니라 아이였다는 점이 중요한지 중요하지 않은지 묻는 거니? 그것도 아니면 그보다 일반적으로, 아이에게 척하는 것이 잘못인지 아닌지 알고 싶은 거니?

전부 다예요. 엘리자베스가 말했다.

너는 아주 똑똑한 아이로구나. 대니얼이 말했다.

학교를 마치면 대학(college)에 갈 계획이에요. 엘리자베스가 말했다. 그럴 수 있다면요.

아, 대학에 가고 싶을 리가. 대니얼이 말했다.

가고 싶어요. 엘리자베스가 말했다. 우리 집안에서는 엄마가 처음으로 대학에 갔는데요, 제가 두 번째가 될 거예요.

콜라주(collage)에 가고 싶은 게로구나. 대니얼이 말했다.

대학에 가고 싶어요. 엘리자베스가 말했다. 교육을 받고 자격도 취득해서 좋은 직업을 얻고 돈도 많이 벌어야지요.

그래, 그런데 무얼 공부하려고? 대니얼이 말했다.

아직 몰라요. 엘리자베스가 말했다.

인문학? 법학? 관광업? 동물학? 정치학? 역사? 미술? 수학? 철학? 음악? 언어? 고전? 공학? 건축? 경제학? 의학? 심리학? 대니얼이 말했다.

전부 다요. 엘리자베스가 말했다.

그러니 콜라주에 가고 싶은 거야. 대니얼이 말했다.

틀린 단어를 쓰고 계세요, 글럭 씨. 엘리자베스가 말했다. 지금 쓰시는 단어는 그림 조각이나 모형 색종이를 잘라 종이에 모아 붙이는 걸 말해요.

내 생각은 다른데. 대니얼이 말했다. 콜라주는 모든 규칙들이 내던져지고 크기와 공간과 시간과 전면과 배경이 모두 상대적이 되며 이런 기술들로 인해 안다고 생각하는 모든 것이 새롭고 신기한 무언가로 변하는 교육 기관이거든.

아직도 호텔에 대한 제 질문에 대한 회피 전략을 쓰고 계시는 건가요? 엘리자베스가 말했다.

사실대로 말할까? 대니얼이 말했다. 맞단다. 어떤 게임을 하고 싶니? 둘 중 하나를 골라 보렴. 첫째는 모든 그림에는 이야기가 있다. 둘째는 모든 이야기에는 그림이 있다.

모든 이야기에는 그림이 있다는 게 무슨 뜻이에요? 엘리자베스가 말했다.

오늘은 내가 너에게 콜라주에 대해 묘사해 주겠다는 뜻이지. 대니얼이 말했다. 그러면 네 의견을 말해 주는 거야.

실제로 보지도 않고요? 엘리자베스가 말했다.

너는 상상 속에서 보고. 그가 말했다. 나는 기억 속

에서 보고.

그들은 벤치에 앉았다. 그 앞에서 두 아이가 돌멩이를 들추며 물고기를 잡고 있었다. 그들의 개가 돌멩이 위에 서서 털에 묻은 물을 흔들어 털어 냈다. 자기들에게 물이 튀자 소년들이 꺅 소리를 지르며 웃음을 터뜨렸다.

그림 아니면 이야기? 대니얼이 말했다. 골라 보렴.

그림요. 그녀가 말했다.

좋다. 대니얼이 말했다. 눈을 감아 봐라. 감았니?

네. 엘리자베스가 말했다.

배경은 선명하고 짙은 파란색이야. 대니얼이 말했다. 하늘보다 훨씬 짙은 파란색. 그 짙은 파란색 위에, 그림 한가운데에 흰 종이로 만든 보름달 비슷한 게 있어. 달 위에는 달보다 더 크게, 신문이나 패션 잡지에서 오린 수영복 차림 여자의 흑백사진이 있고. 그녀 옆에는, 마치 그녀가 거기 기댄 것처럼 커다란 사람 손이 하나 있어. 이 거대한 손은 조그만 손, 아기의 손을 잡고 있어. 더 정확히 말하면 아기의 손도 거대한 손을, 임지를 잡고 있어. 이것들 아래에 몇 차례 되풀이해 사용되는 양식화된 여자의 얼굴이 있는데, 코 위에 각기 다른 색으로 염색된 진짜 머리카락이 놓여 있고…….

미용실에서처럼 말이죠? 색상 견본같이요? 엘리자베스가 말했다.

바로 그거야. 대니얼이 말했다.

그녀가 눈을 떴다. 대니얼의 눈은 감겨 있었다. 그녀도 다시 눈을 감았다.

아주 멀리 그림 아래쪽 파란색 속에 돛을 올린 배의 스케치가 있어. 그런데 작아. 그 배가 콜라주 전체에서 가장 작지.

알았어요. 엘리자베스가 말했다.

마지막으로 분홍색 레이스 같은 게, 그러니까 실제의, 진짜 레이스가 그림의 두 군데에 붙어 있어. 위쪽에 하나 중간쯤에 또 하나. 자, 이게 다야. 이게 내가 기억하는 전부란다.*

엘리자베스는 눈을 떴다. 그리고 대니얼이 눈을 뜨는 것을 보았다.

---

* 폴린 보티(Pauline Boty), 「무제(레이스와 염색약 광고가 있는)(Untitled(with lace and hair colour advert))」. 이하 폴린 보티의 작품은 제목만 표기한다.

그날 밤 소파에 앉아 텔레비전을 보다 잠이 들 때 엘리자베스는 그가 눈을 뜨는 모습을 보았던 것을, 가로등이 켜지자 선물이나 기회를 얻은 것 같은, 혼자만 순간의 선택을 받은 듯한 기분이 드는 때와 비슷한 느낌이 들었던 것을 기억했다.

어떻게 생각하니? 대니얼이 말했다.

파란색과 분홍색이 함께 있다는 게 좋아요. 엘리자베스가 말했다.

분홍색 레이스. 질푸른 물감. 대니얼이 말했다.

레이스로 만들면 분홍을 만질 수 있으리라는 게, 파란색과 다르게 느껴지리라는 게 좋아요.

아, 훌륭하다. 대니얼이 말했다. 아주 좋아.

커다란 손이 조그만 손을 잡고 있는 것처럼 조그만 손도 커다란 손을 잡고 있는 게 좋아요. 엘리자베스가 말했다.

오늘 나는 특히 배가 좋구나. 대니얼이 말했다. 돛을 올린 큰 돛배. 내 기억이 맞는다면. 그게 거기에 있기나 했다면.

그렇다면 그게 진짜 그림이란 건가요? 엘리자베스

가 말했다. 아저씨가 꾸며 낸 게 아니고요?

진짜지. 대니얼이 말했다. 음, 진짜였지. 내 친구가 그렸거든. 화가 친구. 하지만 지금 나는 기억을 바탕으로 꾸며 내고 있는 거야. 너에게는, 네 상상력에는 어떤 영향을 주던?

마약을 한다면 그럴 것 같은 기분이 들었어요. 엘리자베스가 말했다.

대니얼이 운하 제방 길에서 걸음을 멈췄다.

마약을 해 본 건 아니지? 그가 말했다. 그렇지?

네, 한다면 그럴 것 같다고요. 모든 게 한꺼번에 머릿속으로 뭐랄까, 몰려 들어왔어요. 그 비슷한 기분일 것 같아요. 엘리자베스가 말했다.

아차, 우리가 오후 내내 마약을 하고 있었다고 어머니에게 말하는 건 아니겠지? 대니얼이 말했다.

우리 가서 볼래요? 엘리자베스가 말했다.

보다니, 뭘 말이니? 대니얼이 말했다.

콜라주요. 엘리자베스가 말했다.

대니얼이 고개를 저었다.

어디 있는지 몰라. 그가 말했다. 오래전에 사라졌을

수도 있고. 그 그림들이 지금 이 세상 어디에 숨어 있는지 아무도 몰라.

어디서 처음 보셨는데요? 엘리자베스가 말했다.

1960년대 초에 봤단다. 대니얼이 말했다.

그가 시간이 장소가 될 수 있다는 듯 말했다.

그녀가 그것을 만든 날 나는 그 자리에 있었어. 그가 말했다.

누구요? 엘리자베스가 말했다.

윔블던의 바르도. 대니얼이 말했다.

그게 누군데요? 엘리자베스가 말했다.

대니얼이 손목시계를 보았다.

미술학도님. 그가 말했다. 내 총애하는 학생. 이제 가야 할 시간이야.

시간이 날아가요. 엘리자베스가 말했다.

응, 맞아. 그럴 수 있지. 대니일이 말했다. 분자 그대로 그렇단다. 자, 보렴.

엘리자베스는 이날 있었던 일의 대부분을 기억하지 못한다.

하지만 어릴 때 그들이 운하 제방을 따라 걸었던 일

과 대니얼이 손목시계를 풀어 물속으로 던져 버린 일은 기억한다.

그녀는 그 전율을, 그 절대적인 지속성을 기억한다.

그녀는 바위 위에 서 있던 두 소년이 시계가 머리 위로 호를 그리며 날아와 운하 속으로 떨어진 순간 고개를 돌리던 것을 기억하고, 허공을 날아가는 그것이 하찮은 돌멩이나 쓰레기가 아니라 시계, 대니얼의 손목시계임을 알았던 것을, 그리고 소년들은 그것을 알 리 없음을 알았던 것을, 오직 자신과 대니얼만이 그가 방금 저지른 일의 중대성을 인식하고 있음을 알았던 것을 기억한다.

그녀는 대니얼이 던지느냐 던지지 않느냐를 자신에게 선택하게 했던 것을 기억한다.

그녀는 자신이 던진다를 선택했던 것을 기억한다.

그녀는 어머니에게 들려줄 놀라운 이야기를 가지고 집으로 돌아갔던 것을 기억한다.

이번 것은 또 다른 시절, 엘리자베스가 열세 살이던 해에 있었던, 마찬가지로 그녀가 부분적으로만 기억하는 일이다.

그나저나 그게 아니면 넌 왜 밤낮 늙은 동성애자와 어울려 다니는 거니?

(이 말을 한 사람은 그녀의 어머니였다.)

내겐 아버지에 대한 고착 심리가 없어요. 엘리자베스가 말했다. 게다가 대니얼은 동성애자가 아니에요. 유럽 대륙 사람일 뿐이에요.

글럭 씨라고 부르랬지. 그녀의 어머니가 말했다. 그리고 그 사람이 동성애자가 아닌 줄 네가 어떻게 아니? 그리고 그게 사실이라면, 그러니까 그가 동성애자가 아니라면 대체 너한테 뭘 원한다니?

혹시 동성애자라 해도요, 동성애자일 뿐인 건 아니에요. 엘리자베스가 말했다. 이거 아니면 저거가 아니라는 거예요. 그런 사람은 없어요. 심지어 엄마조차.

그녀의 어머니는 지금 극도로 예민하게, 극도로 짜증스럽게 굴고 있었다. 그것은 엘리자베스가 열두 살이 아니라 열세 살이 된 것과 관계있었다. 뭐였든 간에 하여튼 극도로 성가셨다.

버릇없이 굴지 마. 그녀의 어머니가 말했다. 그리고 넌 말이야, 이제 열세 살이야. 열세 살짜리 여자애랑 어울리고 싶어 하는 늙은 남자는 좀 조심해야 된다 이거야.

그분은 내 친구예요. 엘리자베스가 말했다.

그는 여든다섯 살이야. 그녀의 어머니가 말했다. 여든다섯 살짜리 남자가 어떻게 네 친구니? 왜 정상적인 열세 살짜리들처럼 정상적인 친구들을 사귀면 안 되는 거니?

그건 엄마가 정상을 어떻게 정의하느냐에 달려 있어요. 엘리자베스가 말했다. 그 정의는 내가 정상을 정의하는 방식과 다르겠지만요. 우리는 모두 상대성 속에 살고 현재 정상에 대한 내 정의는 엄마의 정의와 다르고 아마도 결코 같아지지 않을 거예요.

이런 식으로 말하는 법은 어디서 배웠니? 그녀의 어머니가 말했다. 산책을 하며 이딴 거나 배우니?

우리는 그냥 걸어요. 엘리자베스가 말했다. 우리는 그냥 말해요.

뭐에 대해서? 그녀의 어머니가 말했다.

별거 아니에요. 엘리자베스가 말했다.

나에 대해서지? 그녀의 어머니가 말했다.

아니에요! 엘리자베스가 말했다.

그럼 뭔데? 그녀의 어머니가 말했다.

이런저런 것들요. 엘리자베스가 말했다.

이런저런 것들 뭐? 그녀의 어머니가 말했다.

잡다한 것들요. 엘리자베스가 말했다. 아저씨가 책이랑 여러 가지에 대해 얘기해 줘요.

책이라. 그녀의 어머니가 말했다.

책. 노래. 시인. 엘리자베스가 말했다. 아저씨는 키츠에 대해 알아요. 안개의 계절. 아편을 열고.*

그 사람이 뭘 열었다고? 그녀의 어머니가 말했다.

딜런에 대해서도 알아요. 엘리자베스가 말했다.

밥 딜런? 그녀의 어머니가 말했다.

아니요, 다른 딜런**이에요. 엘리자베스가 말했다. 시를 외우고 있어요, 아주 많이. 가수 밥 딜런도 한 번 만났대요. 밥 딜런이 그분 친구와 함께 지낼 때.

자기가 밥 딜런하고 친구 사이랬다고? 그녀의 어머니가 말했다.

아니에요. 만난 적이 있대요. 어느 겨울이었고, 그가 한 친구의 집 방바닥에서 잤다던데요.

밥 딜런이? 방바닥에서? 그녀의 어머니가 말했다. 그럴 리 없지. 밥 딜런은 오래전부터 세계적인 대스타였는걸.

그리고 그분은 엄마가 좋아하는 자살한 시인에 대

---

* 「가을에 부쳐(To Autumn)」와 「나이팅게일에게 부치는 노래(Ode to a Nightingale)」의 시구들.

** 영국의 시인 딜런 토머스.

해서도 알아요. 엘리자베스가 말했다.

플라스* 말이니? 그녀의 어머니가 말했다. 자살에 대해서 말이야?

엄마는 정말이지 이해를 못 하네요. 엘리자베스가 말했다.

열세 살 된 내 딸의 머릿속에 자살에 대한 생각들이며 밥 딜런에 대한 거짓말들을 주입하는 노인에 대해 내가 도대체 뭘 이해하지 못한다는 거야? 그녀의 어머니가 말했다.

그리고 어쨌든 아직 그녀의 글을 말하고 읽을 수 있는 한 그녀가 어떻게 죽었는지는 상관없는 거라고 대니얼이 그랬어요. 더 이상 슬퍼하지 않는다는 거랑 가이 포크스처럼 아직도 불타오르는 어둠의 딸들 같은 시구들요.** 엘리자베스가 말했다.

그건 플라스 같지 않은데. 그녀의 어머니가 말했다. 맞아, 내가 읽은 플라스의 시 가운데 그런 구절은 분명

* 미국의 시인 실비아 플라스. 자살로 생을 마감했다.

** 딜런 토머스, 「하얀 거인의 허벅지 속에(In the White Giant's Thigh)」.

없었어. 그리고 난 플라스의 시를 전부 읽었거든.

딜런이에요. 사랑이 늘 푸르다는 내용이고. 엘리자베스가 말했다.

글럭 씨가 사랑에 관해 또 무슨 얘기를 해 주는데? 그녀의 어머니가 말했다.

안 해요. 회화에 대해 얘기해요. 엘리자베스가 말했다. 그림 말이에요.

그림들을 보여 줘? 그녀의 어머니가 말했다.

그가 아는 테니스 선수가 그린 것들이에요.* 엘리자베스가 말했다. 실제로 가서 볼 수 없는 그림들이에요. 그래서 내게 이야기로 들려주는 거고요.

왜 가서 볼 수 없대? 그녀의 어머니가 말했다.

그냥 볼 수 없어요. 엘리자베스가 말했다.

은밀한 그림이니? 그녀의 어머니가 말했다.

아니에요. 엘리자베스가 말했다. 그것들은, 있잖아요. 그가 아는 것들이에요.

테니스 선수들을 그렸어? 그녀의 어머니가 말했다.

---

* 앞에서 대니얼이 윔블던의 바르도라고 칭했기 때문에 테니스 선수로 착각했다. 윔블던의 바르도는 폴린 보티의 학창 시절 별명이다.

테니스 선수들이 뭘 하는 걸 그렸지?

아니에요. 엘리자베스가 말했다.

아, 진짜. 그녀의 어머니가 말했다. 내가 뭘 어쨌다고 그래?

엄마가 어쩐 건요, 여러 해 동안 대니얼을 내 비공식 베이비시터로 써먹은 거예요. 엘리자베스가 말했다.

말했지, 글럭 씨라고 부르라고. 그녀의 어머니가 말했다. 그리고 내가 써먹긴 뭘 써먹어? 그건 전혀 사실이 아니야. 그리고 알고 싶구나. 자세하게 말이야. 대체 무슨 그림들이니?

엘리자베스가 답답해 죽겠다는 소리를 냈다.

나도 몰라요. 그녀가 말했다. 사람들. 사물들.

사람들이 그림들 속에서 뭘 하고 있는데? 그녀의 어머니가 말했다.

엘리자베스는 한숨을 쉬었다. 그리고 눈을 감았다.

눈을 감아야 해요, 그러지 않으면 보이지 않으니까. 엘리자베스가 말했다. 알았죠? 좋아요. 메릴린 먼로가 장미꽃들에 둘러싸여 있어요. 연분홍과 초록색, 회색 물결이 그녀 주위로 채색돼요. 다만 그림은 진짜 메릴린을 그린 게 아니라 그녀의 사진을 그린 거예요. 기억해야 할 중요한 점이에요.*

아, 그래? 그녀의 어머니가 말했다.

내가 엄마 사진을 찍고 엄마가 아니라 엄마 사진의 그림을 그리는 것과 같죠. 그리고 장미꽃들은 장미꽃보다 꽃무늬 벽지와 비슷해요. 그런데 장미꽃들이 벽지 바깥으로 나와서 그녀의 쇄골 둘레를 감아 올라가요. 그녀를 껴안듯이.

껴안는다. 그녀의 어머니가 말했다. 그렇구나.

그리고 어떤 프랑스인, 프랑스에서 한때 유명했던 사람, 남자인데요, 모자와 선글라스를 쓰고 있어요. 모자 위에는 붉은 꽃잎 무더기가 커다란 붉은 꽃처럼 놓여 있어요. 그 남자는 신문에 난 사진처럼 회색, 검은색, 흰색인데, 그 뒤는 온통 밝은 주황색이에요. 옥수수밭이나 금빛의 풀처럼. 그리고 그 위로는 하트 모양이 늘어서 있어요.**

그녀의 어머니는 식탁에 앉아 양손으로 두 눈을 가리고 있었다.

---

* 「그녀는 사라졌다(Colour Her Gone)」.

** 「장폴 벨몽도에게 사랑을 담아(With Love to Jean-Paul Belmondo)」.

계속해 봐. 그녀가 말했다.

엘리자베스가 다시 눈을 감았다.

여자 그림이에요. 유명인은 아니고 그냥 보통 여자인데 웃고 있어요. 푸른 하늘로 팔을 치켜든 모습인데 그 뒤로 그림 아래쪽에는 산이 보이거든요. 아주 작게요. 그리고 색색의 톱니 모양 선이 많아요. 여자의 내부에는 몸이나 옷 대신 그림들이 들어 있어요. 여러 다른 것들의 그림들요.*

그 사람이 네게 여자의 몸 이야기를 했다 이거지? 여자의 내부 이야기를? 그녀의 어머니가 말했다.

아니에요. 엘리자베스가 말했다. 그냥 몸이 아니라 그림들로 이루어진 몸을 가진 여자 이야기를 해 준 거예요. 왜 말을 못 알아들으세요?

무슨 그림들인데? 뭘 그린 그림이냐고? 그녀의 어머니가 말했다.

이런저런 것들이에요. 세상에서 일어나는 일들. 엘리자베스가 말했다. 해바라기. 갱 영화에 나오는 것 같은

---

* 「무제(해바라기 여인)(Untitled(Sunflower Woman))」.

기관총을 든 남자. 공장. 러시아인 같은 정치인. 올빼미. 폭발하는 비행선…….

그러니까 글럭 씨가 이런 그림들을 지어내서 여자의 몸 안에 집어넣었다고? 그녀의 어머니가 말했다.

아니에요, 그것들은 진짜예요. 엘리자베스가 말했다. 「세상은 남자의 것(It's a Man's World)」이라는 그림도 있어요. 대저택이 나오고 비틀스와 엘비스 프레슬리, 차 뒷자리에 타고 있다 총에 맞은 대통령도 나와요.

그 순간 그녀의 어머니가 본격적으로 소리를 지르기 시작했다.

그래서 그녀는 아이들의 머리가 거대한 전지가위로 잘리고* 앨버트 홀 지붕 밖으로 엄청나게 큰 손이 나오는 콜라주**들에 대해서는 이야기하지 않기로 했다.

정부를 무너뜨린 여자가 뒤로 돌려진 의자에 나체로 앉아 있고 대니얼이 방사능 낙진 같다고 한 붉은 배경틈으로 검은 얼룩들이 그려진 그림***에 대해서도 말하지

---

* 「머리, 전지가위, 아이들(Head, Secateurs and Children)」.

** 「커다란 손(A Big Hand)」.

*** 「스캔들 63(Scandal 63)」.

않기로 했다.

그렇다고 해도 말이야. 그럼에도 그녀의 어머니가 대화 끝에 한마디 했다.

(그리고 바로 이것이 엘리자베스가 이십 년도 더 지난 지금까지 이날의 대화에 관해 고스란히 기억하는 것이다.)

부자연스러워.

불건전해.

안 될 일이야.

허락할 수 없어.

더는 안 돼.

방금 전까지 6월이었다. 이제 9월 날씨다. 밝은 황금빛으로 높이 자란 곡식은 추수를 앞두고 있다.

11월? 상상할 수도 없다. 겨우 한 달 남았다.

낮에는 아직 따뜻하지만 음지의 공기는 쌀쌀해졌다. 밤은 더 일찍 오고 더 춥고 빛은 점점 줄어든다.

7시 30분에 어두워지더니 7시 15분에, 그리고 7시에 어두워진다.

8월부터, 아니 사실은 7월부터 나무의 초록색이 흐려지기 시작했다.

하지만 꽃은 아직 핀다. 산울타리는 아직 한창이다. 창고에 어느새 사과가 그득하고 나무에도 아직 사과가 매달려 있다.

새들은 전깃줄 위에 앉아 있다.

칼새들이 떠난 지 여러 주 되었다. 지금쯤 수백 킬로미터 떨어진 대양 위 어딘가를 날고 있을 것이다.

2

그런데 지금은? 노인(대니얼)은 눈을 떠 보려 하지만 뜰 수 없음을 깨닫는다.

구주소나무 줄기와 놀랄 만큼 비슷한 무언가에 갇혀 있는 것 같다.

적어도 소나무 냄새는 나는군.

정확히는 알기 어렵다. 움직일 수 없기 때문이다. 나무 속에는 움직일 공간이 많지 않다. 송진 때문에 입이 닫히고 눈이 감긴다.

하지만 따져 보면 그보다 역한 맛도 많다. 구주소나

무 줄기는 가는 편이다. 길고 곧은 나무라 전신주에, 그리고 산업이 탄광에서 일하는 사람들에 의존하던 시절에 갱도 천장을 안전하게 떠받치는 데 쓰이던 지주에 적합하다.

지하에 들어갈 수밖에 없다면 무언가 쓸모 있는 형태로 들어가자. 잘려야 한다면 서로 떨어진 사람들 사이의 전령이 되어 다음 생을 살아도 좋겠다. 소나무들은 늘씬하다. 땅딸막한 침엽수 속에 갇힌 것보다는 훨씬 낫다.

구주소나무 꼭대기에서는 상당히 멀리까지 볼 수 있다.

나무 속 침대에 누워 대니얼은 허둥대지 않는다. 밀실 공포증조차 없다. 이곳은 마비 증세를 빼면 그런대로 괜찮은 데다 아마도 증세가 계속되지는 않을 것이다. 희망을 갖자. 아니, 사실대로 말하면 그는 아무 나무가 아니라 이토록 유서 깊고 유연하고 고귀한 품종 안에 꼼짝 못 하고 갇혀 있다는 것이 흡족하다. 이파리가 있는 것들에 비해 훨씬 일찍 나타난 품종인 구주소나무는 토양이 깊을 필요가 없고 수명도 매우 길어 여러 세기를 살 수도 있다. 하지만 나무들 가운데 바로 이 나무 속에 들어 있는 것의 최고 장점이라면 보통의 나무보다 색상이 한결 다양하다는 점이다. 구주소나무 숲의 초록색은 파란색에 근사할 수 있다. 그러다 봄이 되면 화가의 물감 통에서 볼 수 있을 연노란색 꽃가루가 마술사의 연기처럼 풍요롭게 피어올라 눈을 사로잡는다. 먼 옛날 태곳적에 특별한 힘을 지닌 체하던 사람들이 바로 그 꽃가루를 공중에 뿌려 댔다. 숲에 들어가 모은 꽃가루를 집에 가져가 그런 연극에 사용했다.

사람들은 나무 속에 갇히다니 참 불쾌하겠다고 생각할 것이다. 소나무(pine) 속에서 아, 한탄하리라(pine) 생각할 것이다. 하지만 향내가 절망을 누그러뜨린다. 어쩌면 갑옷을 입은 것과 비슷할 텐데, 그보다 훨씬 낫다. 지난 세월 자체가 흘러 내려온 물질로 지은 갑옷이기 때문이다.

아.

여자다.

누구지?

예전에 신문에 난 사진들과 어렴풋이 닮았다.

이름이 뭐였더라?

킬러. 크리스틴.*

그래, 그녀다.

그녀가 누구인지 이제 아무도 모를 것이다. 당시에는 역사였던 것이 이제는 시시한 하나의 각주에 불과할 것이다. 그 각주에 그가 덧붙인다. 그녀는 맨발이고, 우연하게도(역사, 각주) 그가 알기로 「지배하라, 영국이여(Rule Britannia)」**가 처음으로 불렸던 곳인 장대한 저택***의 복도를 밝힌 여름밤의 빛 속에 혼자다. 그녀는 태피스트리가 걸린 벽 옆에 서서 여름 드레스를 벗고 있다.

그것이 바닥에 떨어진다. 그의 솔방울들이 일제히 솟아오른다. 그가 신음 소리를 낸다. 그녀는 아무 소리도 듣지 못한다.

그녀가 거치대에 걸린 갑옷을 풀어 쪽모이 마룻바

---

* 크리스틴 킬러(Christine Keeller). 영국의 모델로, 존 프로퓨모 전쟁국 장관이 그녀와 혼외 관계를 맺어 1963년 사임했다. 후에 그녀가 주영 소련 대사관 무관과도 내연 관계인 것으로 드러나 국가 기밀 유출 파문이 일었고 그 여파가 보수당 내각의 총사퇴로 이어졌다.

** 영국의 비공식 국가이자 영국군의 군가.

*** 프레더릭 황태자의 클라이브든 저택.

닥 위에 하나씩 늘어놓는다. 그녀가 흉갑을 자신의 (아주 근사한, 정말 그렇다.) 가슴에 대 본다. 그녀가 팔을 진동에 꿰어 본다. 그녀의 아, 속옷 하의 부분에는 금속 덮개가 없다. 그녀가 갑옷을 다 입어도 이 틈새를 통해 몸이 드러날 것임을 막 깨달은 듯 그곳에 손을 갖다 댄다.

그리고 몸을 꼼지락거려 남은 속옷도 벗어 버린다.

그것이 바닥에 떨어진다.

그가 낮은 탄성을 지른다.

그녀가 길쭉한 융단 위에 그것을 남겨 놓고 발을 옮긴다. 그것은 거기 놓여 있다. 흡사 뼈를 발라낸 검은지빠귀 같다.

그녀가 갑옷의 한쪽 다리 부분을 허벅지까지 끌어올리고 다른 쪽도 그렇게 한다. 그녀가 꺅 비명을 지르고 욕을 내뱉는다. 두 번째 다리 부분의 모서리가 날카로워서 그런 것일까? 그녀가 갑옷의 다리 부분들을 허벅지 뒤로 묶고 맨발을 커다란 갑옷 신발에 밀어 넣는다. 팔들을 철제 팔들 속으로 끼워 넣고 투구를 들어 머리카락 위로 눌러쓴다. 투구 앞쪽의 틈으로 주변을 둘러보며 장갑을 찾는다. 하나를 낀다. 이어 다른 쪽이다.

그녀가 금속 장갑으로 투구의 얼굴 가리개를 밀어 올리자 눈이 드러난다.

그녀가 벽에 걸린 커다란 옛날 거울 앞으로 가서 선다. 투구 사이로 가느다란 웃음소리가 새어 나온다. 그녀가 장갑 끝으로 얼굴 가리개를 다시 내린다. 음부 외에는 아무것도 보이지 않는다.

헐겁게 묶은 것들이 떨어지지 않도록 그녀가 조심스레 발을 옮긴다. 그녀는 갑옷이 보기보다 무겁지 않다는 듯 쩔렁대며 복도를 따라 걸어간다.

문이 나타나자 그녀가 몸을 돌려 그것을 민다. 문이 열린다. 그녀가 사라진다.

그녀가 들어간 방에서 요란스러운 웃음이 터진다.

웃음도 유복할 수 있을까?

유력한 웃음은 평범한 웃음과 다를까?

그런 유형의 웃음은 언제나 유력하다.

여기 노래가 있네. 대니얼이 생각한다.

「크리스틴 킬러(Christine Keeler)의 발라드」.

부자(well-heel-er). 중개업자(dealer). 염탐꾼(feeler). 밀고자(squealer). 그녀를 감추어라.(Conceal her). 그녀를

훔쳐라.(Steal her.) 그녀를 미시즈 필*로 만들어라.(Mrs Peel her.)

아, 아니지. 미시즈 필은 나중에, 이보다 두어 해 후에 나왔으니까.

하지만 그녀의 필은 적어도 부분적으로는 킬러의 킬에 기원할 테니 듣는 이에게 흥미로운 선물일 것이다.

지금 그는 방청석에서 많은 사람들 사이에 끼여, 뭐, 어디?

법정.

런던의 중앙 형사 법원.

그해 여름.

그는 킬러가 갑옷을 입어 보는 상상을 했을 뿐이다. 꿈을 꾼 것이었다. 실제로 그런 일이 일어났다는 소문도 있었지만.

하지만 이것은, 뒤에서 일어날 일은 그가 두 눈으로 본 것이다.

먼저 킬러 대 그녀의 친구 워드. 접골사이자 초상화

* 영국의 1960년대 텔레비전 시리즈 「어벤저스」 시즌 4~6의 주인공.

가인 스티븐. 갑옷은 입지 않았어도 철갑을 두른 듯 냉담하다. 무감동하다. 가면을 쓰고 있다. 완벽한 가장이다. 이국적인 느낌이 드는 무감각.

그녀가 황홀경에 빠진 사람처럼 연설해 장내를 황홀경에 빠뜨린다. 총명하다. 공허하다. 섹시한 자동화. 살아 있는 인형. 선정성으로 방청석은 음부석이 된다. 아무도 다른 것을 생각할 수 없다. 그럼에도 그녀의 친구 스티븐만큼은 매일같이 맨 앞에 앉아 연필을 들어 보이는 것을 스케치한다.

그렇게 하루하루가 지나간다.

증인석에 지금 다른 누군가가, 여자, 다른 여자가 앉아 있다. 미스 리카르도. 엄밀히 말해 그녀는 가엾은 킬러보다 급이 낮다. 젊고, 짧고 까칠하게 머리를 친 댄서다. "저는 남자들을 찾아가 받은 대가로 생활합니다."

방금 그녀는 자신이 이 사건에 대해 경찰에게 한 최초의 진술이 사실이 아니라고 선언했다.

방청석에 있는 사람들의 흥미가 한결 고조된다. 스캔들과 거짓말. 매춘부들이 하는 짓. 하지만 대니얼은 무너지지 않으려 안간힘을 쓰는 여자를, 사실은 소녀를 본다. 그녀의 얼굴이며 모든 거동이 두려움에 짓눌려 푸르스름해진다.

빨간 머리.

푸르스름한 여자.

저는 여동생이 소년원에 가기를 원하지 않았어요. 여자가 말한다. 아기를 빼앗기는 것도요. 경감이 제게 시키는 대로 진술하지 않으면 여동생과 아기를 빼앗아 갈 거라고 그랬거든요. 남동생도 잡아 가겠다고 하고요. 저는 그 말을 믿고 그렇게 진술했어요. 하지만 중앙 형사 법원에서는 위증을 하지 않기로 결심했죠. 《피플》에도 말했어요. 제가 왜 거짓말을 했는지 모든 사람에게 알리고 싶어요.

어머나.

그녀는 과연 새파랗게 질렸다.

검사는 사냥개 같은 느낌을 준다. 그가 그녀를 조롱한다. 그녀에게 애당초 사실이 아닌 진술서에 서명은 대체 왜 했느냐고 묻는다.

그녀가 경찰에게서 놓여나고 싶어서 그랬다고 대답한다.

검사가 그녀를 추궁한다. 여태 왜 그에 대해 한 번도 불평하지 않았느냐고.

불평을 누구에게 하죠? 그녀가 말한다.

그렇다면 의도적인 거짓말이었네요?

네. 그녀가 말한다.

방청석에 앉은 대니얼은 증인석 가로대 위에 놓인 그녀의 한 손에서 작은 가지와 잎눈 들이 돋아나는 것을 본다. 잎눈들이 활짝 열린다. 그녀의 손가락들에서 나뭇잎이 솟아난다.

판사가 그녀에게 오늘 법정에서 증언한 내용들을 밤새 신중히 숙고해 보라고 충고한다.

눈 깜짝할 새.

이튿날이다.

여자가 또 증인석에 앉아 있다. 그녀는 이제 거의 묘목으로 자라났다. 이제 얼굴과 머리카락에만 나뭇잎이 없다. 밤새 그녀는 자신을 취하려는 신에게 쫓기는 신화 속의 소녀처럼 아무도 그녀를 취할 수 없도록 탈바꿈해 버렸다.

똑같은 남자들이 그녀를 향해 다시 고함친다. 그들

은 그녀가 거짓말을 한 데 대해 거짓말을 하지 않는다는 이유로 화가 나 있다. 검사는 거짓말에 대해 경찰이 아니라 신문사 기자에게 털어놓은 이유가 무엇이냐고 묻는다. 그는 그것이 부적절했음을, 부적절한 짓이었음을, 이 여자처럼 부적절한 여자가 저지를 만한 행위였음을 암시한다.

제게 거짓말을 하게 한 장본인들을 찾아가 진실을 말해 본들 무슨 소용이 있겠어요? 그녀가 말한다.

판사가 한숨을 내쉰다. 그리고 배심원들 쪽으로 고개를 돌린다.

이 증거를 여러분의 머릿속에서 지우세요. 그가 말한다. 전면적으로 무시하기를 지시합니다.

여기에도 노래가 있군. 흰 나무껍질이 솟아올라 그녀의 입, 그녀의 코, 그녀의 눈을 뒤덮는 것을 보며 대니얼은 생각한다.

「자작나무(birch)의 발라드」.

고교회파(high church). 요동(lurch). 훼손(besmirch). 성찰(soul search).

그는 법정 밖으로 나가 곧장 사랑하는 여자의 집으

로 향한다.

(그는 그녀를 사랑한다. 그녀의 이름을 입에 담기조차 어렵다. 그만큼 그녀를 사랑한다.

그녀는 그를 사랑하지 않는다. 겨우 두세 주 전에 다른 남자와 결혼했다. 그는 그녀의 남편의 이름은 아무렇지도 않게 말할 수 있다. 클라이브다.

하지만 방금 기적적인 일을 목격하지 않았나?

그는 상황의 본질을 바꿔 놓는 무언가를 보았다.)

그는 빗속에서 뒷마당에 서 있다. 이제 어둡다. 그는 집의 창들을 올려다보고 있다. 그의 손과 팔뚝, 얼굴, 새 셔츠와 양복은 아직 그럴 나이이기라도 하다는 듯 담을 기어올라 쓰레기통으로 내려온 탓에 얼룩이 졌다.

제임스 조이스의 『죽은 사람들』이라는 유명한 소설 속의 한 젊은이는 모질게 추운 밤에 어느 집 뒷마당에 서서 사랑하는 여자를 향해 노래를 부른다. 그러다 젊은이는 그 여자를 연모하며 죽는다. 눈 속에서 감기에 걸려 눈을 감고 만다. 낭만주의의 절정이다! 소설 속의 여자는 나무좀처럼 가슴에 끊임없이 구멍을 뚫어 대는 젊은이의 노래를 평생 품고 살아간다.

뭐, 대니얼 본인은 젊은이가 아니다. 그것이 문제의 일부다. 그가 평생 누구보다 그녀를 사랑하면서도 스스로는 그녀의 사랑을 받지 못한 채 연모하다 죽어 갈 것임을 확신하는, 그 여자는 그보다 스무 살 연하이고, 얼마 전에 그래, 그것도 있다, 클라이브와 결혼했다.

그리고 또 다른 문제가 있으니, 바로 노래를 잘하지 못한다는 것. 음정을 맞춰 노래를 부를 줄 모른다는 것이다.

하지만 절규할 수는 있다. 노랫말을 외칠 수는 있다. 그리고 그것은 흔해 빠진 노랫말이 아니라 바로 그 자신의 말이다.

그리고 그녀는 그와, 그러니까 클라이브와 결혼하기 불과 열흘 전에야 그를 처음 만났다. 바로 이 여자에 관해서라면 항상 희망이 있다.

「계속 나를 거절하는 여자의 발라드」.

그녀의 기지와 맞먹을 재치 있고 그럴싸한 곡.

목이 쉰 듯한(throaty). 고소해하는(gloaty). 귀리(의)(wild oat(y)). 장식음(의)(grace-note(y)). 틀린 인용(의)(misquote(y)). 일화(의)(anecdote(y)). 캐스팅보트(의)

(casting vote(y)). 모피 외투(의)(furcoat(y)). 페티코트(의)(pettocaot(y)). 어뢰정(의)(torpedo boat(y)).

(끔찍하군.)

나는 숫염소(billy goaty) 같아.

거만하게(haughty) 굴지 마.

그러나 어느 창에도 불이 들어오지 않는다. 빗속에서 반 시간쯤 서 있은 다음에야 그는 집 안에 아무도 없음을, 자신이 뒷마당에 서서 아무도 없는 집을 향해 형편없는 각운을 늘어놓고 있었음을 인정한다.

거실 천장에 매단 최신 유행의 그네 의자가 어둠 속에서 서서히 이쪽으로 방향을 틀 것이다.

아이러니다. 그는 바보다. 그녀는 그가 이곳에 있었다는 것조차 모를 것이다.

(지당한 말이다. 그녀는 까맣게 몰랐다.

그리고 무슨 일이 있었느냐 하면 글쎄, 그다음 그 일이 일어났고, 역사는, 아이러니의 다른 이름은 더럽고 익살맞은 자기 길을 따라갔고, 더럽고 익살맞고 짤막한 자기 노래를 불렀으며, 이 이야기에서 요절한 것은 여자였다.

그는 나무좀에 시달려 구멍이 숭숭 뚫린 나무 꼴이 되고 말았다.)

그때 나무 속 침대에 갇힌 노인 대니얼은 가문비나무 숲 사이로 지나가는 기차에 탄 소년이 된다. 그는 야위고 조그맣다. 열여섯 살이지만 스스로 어른이라고 여긴다. 다시 여름이다. 그는 대륙에 있고 가족도 다 대륙에 있는데 대륙의 정황이 좀 불안하다. 무슨 일이 일어날 것이다. 아니, 이미 일어나고 있다. 모두 그것을 알지만 모두 아무 일도 일어나고 있지 않은 체한다.

기차에 탄 사람들 모두 옷차림으로 보아 그가 이곳 출신이 아님을 안다. 하지만 그는 이곳 언어를 할 줄 안다. 기차에 탄 낯선 사람들은 이 사실을 모른다. 그가 누구이고 옆에 있는 여동생이 누구인지 그들에 대해서는 아는 것이 전혀 없기 때문이다.

그들 주변의 사람들은 누가 어떤 사람인지를 정확히 측정하는 과학적, 법적 장치를 개발해야 한다는 이야기를 하고 있다.

연구소에 교수가 하나 있어요. 대니얼 건너편에 앉은 남자가 한 여자에게 말한다. 그런데 이 교수가 특정한 신체적 통계들을 상당히 과학적으로 기록할 현대적 도구를 개발하고 있죠.

그래요? 여자가 말한다.

그녀가 고개를 끄덕인다.

코, 귀, 그 간격들. 건너편의 남자가 말한다.

그는 그 여자와 시시덕거리고 있다.

각 신체 부위의 수치, 특히 머리 부분의 이목구비 수치를 보면 알아야 할 모든 정보를 퍽 간명하게 파악할 수 있어요. 눈동자의 색, 머리카락의 색, 이마의 크기 등. 전에도 시도된 적이 있지만 이렇게 정교하게, 이렇게 정밀하게 이루어진 적은 없대요. 우선 측정하고 수집, 분석하는 작업을 해요. 하지만 장기적으로는 수집된 통계들을 가리고 추려 내는 보다 복잡한 일이 될 거예요.

소년이 여동생에게 미소를 지어 보인다.

그녀는 내내 여기에 살고 있다.

그녀는 열심히 책을 읽고 있다. 그가 그녀의 옆구리를 슬쩍 찔러 본다. 그녀가 책에서 눈을 든다. 그가 한쪽 눈을 찡긋한다.

그녀에게는 이 언어가 모어다. 그녀는 그들의 시시덕거림이 얄팍한 포장임을 안다. 그녀는 그들이 무슨 말을 하는지 정확히 안다. 그녀는 책장을 넘기면서 책 너머로 그를, 이어서 건너편 사람들을 힐끗 본다.

저 사람들 말 들려. 하지만 그렇다고 내가 책 읽기를 멈출까?

그녀가 오빠에게 영어로 말하고 그럴 수는 없다는 표정을 지은 다음 온전히 책으로 돌아간다.

소년 대니얼이 화장실에 가는데 모자를 쓰고 군화를 신은 남자가 복도를 가로막고 있다. 그의 가슴은 온갖 주머니와 견장으로 가득하다. 양팔은 화장실과 객실 사이의 통로 양편에 느긋하게 걸쳐져 있다. 가문비나무 숲과 농지 사이로 지나가는 기차의 움직임에 따라 흔들리는 모습이 기계 장치의 일부처럼 보인다.

누군가의 가슴팍 자체가 음험할 수 있을까?

그럼, 그렇고말고.

그가 한없이 느긋하게 소년을 보고 웃는다. 휴식 중인 병사의 미소다. 그가 소년이 아래로 지나갈 수 있도록 한 팔을 치켜든다. 대니얼의 정수리께 머리카락이 병사의 옷에 스칠 만한 높이다.

잘했어. 병사가 말한다.

기차를 탄 소년.

눈 깜짝할 새.

침대 위의 노인.

침대 위의 노인은 갇혀 있다.

나무 외투(의)(wooden overcoat(y)).

내가 들어 있는 이 나무를 베라. 줄기 속을 파내라.

파낸 것으로 나를 다시 만들어라.

늙은 줄기 안에 새로운 나를 밀어 넣어라.

나를 불태워라. 나무를 불태워라. 내년 곡식이 자라기를 원하는 곳에, 풍년을 빌며, 그 재를 퍼뜨려라.

나를 다시 태어나게 하라

나와 나무를 불태워라

내년 여름의 태양

한겨울을 위한 담보

아직 7월이다. 엘리자베스는 어머니가 다니는 시내 중심가에 있는 병원에 간다. 그리고 줄을 서서 기다린다. 차례가 되자 그녀가 접수원에게 어머니의 담당 지역 보건의가 여기 있다고, 그녀 자신은 이곳 지역 보건의에게 등록돼 있지 않지만 몸이 좋지 않아 진료를 받고 싶다고, 위급 상황은 아닐 테지만 느낌이 이상하다고 말한다.

접수원이 컴퓨터에서 엘리자베스의 어머니를 검색하더니 이 외과 병원에 등록되어 있지 않다고 엘리자베스에게 말한다.

등록돼 있어요. 엘리자베스가 말한다. 틀림없어요.

접수원은 다른 파일을 눌러 본 다음 사무실 뒤쪽으로 가서 서류 캐비닛 서랍을 연다. 거기서 서류 하나를 꺼내 읽어 보더니 도로 집어넣고는 서랍을 탁 닫는다. 그리고 창구에 돌아와 앉는다.

그녀가 엘리자베스에게 미안하지만 어머니가 환자 명단에서 빠졌다고 말한다.

어머니는 그 사실을 전혀 몰라요. 엘리자베스가 말한다. 본인이 여기 환자라고 생각하고 있어요. 환자 명단에서 누락시킨 이유가 뭐죠?

접수원이 그것은 기밀 정보이고 자신은 엘리자베스에게 엘리자베스 본인 이외의 어떤 환자에 대한 어떤 정보도 제공할 수 없는 입장이라고 말한다.

그러면 지금 등록해서 진료를 받을 수 있나요? 엘리자베스가 말한다. 몸이 심상치 않아요. 정말이지 누군가와 상담하고 싶어요.

접수원이 신분증이 있느냐고 묻는다.

엘리자베스가 접수원에게 대학 도서관 카드를 보여 준다.

적어도 일자리를 잃기 전까지는 유효하니까요. 엘리자베스가 말한다. 대학들이 예산의 16퍼센트를 감축할 거라더군요.

접수원이 참을성 있는(patient) 미소를 짓는다.(특별히 환자들(patients)을 위한 미소.)

현재 주소와 가급적이면 사진이 있는 게 필요해요. 그녀가 말한다.

엘리자베스가 그녀에게 여권을 보여 준다.

여권의 기간이 만료됐네요. 접수원이 말한다.

맞아요. 엘리자베스가 말한다. 갱신하고 있어요.

죄송하지만 기간이 만료된 신분증은 인정되지 않아요. 접수원이 말한다. 운전면허증 갖고 계세요?

엘리자베스가 자신은 운전을 하지 않는다고 접수원에게 말한다.

공공요금 청구서는요? 접수원이 말한다.

가지고 있냐고요? 엘리자베스가 말한다. 지금요?

신분 확인이 필요할 경우에 대비하여 공공요금 청구서를 항상 지참하고 다니는 편이 좋다고 접수원이 말한다.

청구서를 우편으로 받지 않고 온라인으로 요금을 납부하는 사람들은 어쩌죠? 엘리자베스가 말한다.

접수원이 책상 왼쪽에서 울리는 전화기를 애타게 바라본다. 울리는 전화기에 계속 시선을 둔 채 그녀가 엘리자베스에게 평범한 잉크젯 프린터로 청구서를 인쇄하기란 지극히 쉬운 일이라고 말한다.

현재 어머니 집에서 지내는데 그것도 100킬로미터 거리인 데다 어머니에게는 프린터도 없다고 엘리자베스가 말한다.

엘리자베스의 어머니에게 프린터가 없다는 말에 접수원은 실제로 화가 난 듯 보인다. 그녀는 관할 구역, 환자 등록 따위에 대해 이야기한다. 엘리자베스는 어머니가 관할 구역 밖에 살고 있으므로 애당초 이 병원과 무관하다는 점을 접수원이 암시하고 있음을 깨닫는다.

청구서를 꾸며서 인쇄하기도 지극히 쉬운 일이에요. 어떤 사람인 척하기도 마찬가지죠. 엘리자베스가 말한다. 사기를 치는 사람들은 또 어떻고요? 인쇄된 종잇장에 이름이 박혀 있다는 게 어떻게 자신을 증명하는 증거가 되죠?

그녀는 안나 파블로바를 자처하는 사기꾼들에 대해 말한다. 지난 삼 년간 자신의 아파트에 그 이름으로 찍힌 냇웨스트 은행 명세서가 정기적으로 배달됐으며 냇웨스트에 수차례 알렸고 그곳에 거주한 최소 십 년간 안나 파블로바라는 사람이 동거하지 않았음이 분명한데도 소용없었다고 말한다.

그런데 종잇조각 한 장이 대체 뭘 증명할 수 있다는 거죠? 엘리자베스가 말한다.

접수원이 무표정한 얼굴로 그녀를 바라본다. 그리고 잠깐 실례하겠다면서 전화를 받는다.

그녀가 엘리자베스에게 통화 중이니 물러나 있으라고 손짓한다. 그리고 더 확실히 해 두기 위해 수화기에 손을 대고는 전화를 건 사람에게 적절한 프라이버시를 제공하도록 협조해 줄 수 있겠느냐고 말한다.

엘리자베스 뒤로 작은 줄이 이어져 있다. 모두 이 접수원을 통해 수속하려고 기다리는 사람들이다.

엘리자베스는 대신 우체국으로 간다.

오늘 우체국은 거의 비어 있다. 셀프서비스 기계를 쓰기 위해 기다리는 사람들이 조금 있을 뿐이다. 엘리자베스는 번호표를 뽑는다. 39번. 현재 28번과 29번이 서비스를 받고 있다는 것 같은데 창구에는 직원도 손님도 전혀 없다.

십 분 후 뒤쪽 문으로 한 여자가 나와 30번과 31번을 부른다. 아무 대답이 없자 30번대 번호를 이어 불러댄다.

엘리자베스는 창구로 다가가 여권 봉투와 얼굴이 틀림없이 정확한 크기로 찍힌(직접 재 봤다.) 즉석 사진기 증명사진을 여자에게 건넨다. 지난주에 체크 앤드 센드 요금 9파운드 75실링을 지불했다는 영수증도 함께 제시한다.

언제 여행할 계획이세요? 여자가 말한다.

엘리자베스는 어깨를 으쓱한다. 아직 계획 없어요. 그녀가 말한다.

여자가 사진을 바라본다.

문제가 있는 것 같네요. 여자가 말한다.

네? 엘리자베스가 말한다.

여기 이 머리카락요, 이게 얼굴 위에 있으면 안 돼요. 여자가 말한다.

얼굴 바깥에 있잖아요. 엘리자베스가 말한다. 이건 이마예요. 얼굴에는 닿지도 않았는데요.

얼굴 뒤쪽에 있어야 되거든요. 여자가 말한다.

머리카락을 그렇게 하고 찍지 않으면 저처럼 보이지 않을걸요. 엘리자베스가 말한다. 저처럼 보이지 않는 여권 사진이라면 쓸모없는 거 아닌가요?

제가 보기엔 눈에 닿아 있어요. 여자가 말한다.

여자가 의자를 뒤로 밀고 여행자 수표 발행 창구로 가더니 그곳에 있는 남자에게 사진을 보여 준다. 그녀가 남자와 함께 자리로 돌아온다.

사진에 문제가 있는 듯합니다. 남자가 말한다. 머리카락이 얼굴에 닿아 있다는 게 제 동료의 의견이거든요.

사실 머리카락 이전에요, 눈부터 너무 작아요. 여자가 말한다.

세상에. 엘리자베스가 말한다.

남자가 여행자 수표 창구로 돌아간다. 여자는 사각형 테두리들 안에 각종 표시와 치수들이 새겨진 투명 비닐 차트에 엘리자베스의 사진을 넣고 위로 아래로 밀어 본다.

눈이 음영 범위 내 허용 치수와 일치하지 않아요. 그녀가 말한다. 맞아떨어지지 않아요. 이게 중앙에 있어야 하는데 보시다시피 코 옆에 있어서요. 죄송하지만 이 사진은 규정에 맞지 않습니다. 즉석 사진기 말고 스내피 스냅스에 가시면…….

지난주에도 남자 직원이 같은 말을 했어요. 엘리자베스가 말한다. 대체 이 우체국과 스내피 스냅스는 어떤 관계죠? 스내피 스냅스에서 근무하는 형제라도 있나요?

그러면 이미 스내피 스냅스에 가시라는 조언을 듣고도 가지 않으신 거군요. 여자가 말한다.

엘리자베스가 웃음을 터뜨린다. 웃지 않을 수 없다. 여자는 엘리자베스가 스내피 스냅스에 가지 않았다는 사실 앞에서 대단히 준엄한 얼굴이다.

그리고 차트를 들어 올리더니 얼굴 위에 포개 한 번 더 보여 준다.

죄송하지만 안 되겠어요. 여자가 말한다.

있잖아요. 엘리자베스가 말한다. 이 사진들을 여권국에 그냥 보내 주세요. 모험 한번 해 보죠. 제가 보기엔 괜찮을 것 같아요.

여자는 상처를 입은 듯 보인다.

받아들여지지 않으면요, 여기 돌아와 당신 앞에서 당신이 옳고 내가 틀렸다고, 내 머리카락이 잘못됐고 눈이 완전히 엉뚱한 곳에 가 박혀 있었다고 시인할게요. 엘리자베스가 말한다.

아니에요, 오늘 체크 앤드 센드를 통해 이걸 제출하면 그걸로 우리 우체국은 이 신청서와 아무 관계도 없어져요. 여자가 말한다. 신청서가 제출된 다음에는 여권국에서 직접 규격 미달에 대해 손님에게 연락할 거예요.

그래요. 엘리자베스가 말한다. 고마워요. 보내 주세요. 운에 맡겨 보죠, 뭐. 그리고 한 가지 부탁이 있어요.

여자는 굉장히 불안해 보인다.

해물 알레르기가 있는 남자 동료분에게 인사 좀 전해 줄래요? 머리 규격이 잘못됐던 여자가 안부를 묻더라고, 아무쪼록 평안을 기원하더라고요.

그게 다예요? 여자가 말한다. 죄송하지만 그런 정도로는 찾기 어려워요. 후보만 수천 명일 테니까.

그녀가 엘리자베스의 영수증에 볼펜으로 쓴다. "고객이 위험을 감수하고 사진을 제출하기로 결정."

엘리자베스는 우체국 밖으로 나가 선다. 기분이 조금 낫다. 서늘하고 비가 온다.

그녀는 그 헌책방에 가서 책을 한 권 살 것이다.

그다음에는 대니얼을 보러 갈 것이다.

엘리자베스의 데이터가 컴퓨터에 들어가는 데는 일초의 부스러기의 부스러기밖에 걸리지 않는다. 접수원이 스캔된 신분증을 엘리자베스에게 돌려준다.

대니얼은 잠들어 있다. 지난번과 다른 간병인이 소나무 향 세제 냄새를 풍기는 대걸레를 들고 병실 안을 휘젓고 있다.

엘리자베스는 간병인들은 다들 어떻게 될지 궁금해한다. 다른 나라 출신이 아닌 간병인을 한 명도 만나 본 적이 없다는 생각이 든다. 아침에 라디오에서 어느 대변인의 말을 들었다. "그러나 우리가 단지 수사학적, 실제적으로 이 나라의 이민자들에게만 통합 반대를 권고해 온 것이 아닙니다. 수사학적, 실제적으로 우리 자신에게도 통합하지 말라고 권고해 온 것입니다. 대처 총리가 우리에게 이기적이 되라고, 사회라는 것은 없음을 머리로 생각만 하지 말고 신봉하라고 가르친 이래로 우리는 이를 자기 검열의 사안으로 삼고 있습니다."

그러자 대담에 참여한 다른 대변인이 말했다. "뭐, 이런 셈이군요. 포기해. 철 좀 들어. 네 시대는 끝났어. 민주주의. 너는 진 거야."

민주주의가 마치 누군가가 깨부숴 무기로 쓰겠다고 위협할 수 있는 유리병쯤 되는 것 같다. 사람들이 서로에게 뭐라고 지껄일 뿐 아무 말도 진짜 대화로 이어지지는 않는 시대가 돼 버렸다.

대화의 종말이다.

그녀는 정확히 언제 변했는지, 자기도 모르는 사이에 대체 얼마나 이래 왔는지 헤아려 보려 한다.

그녀가 대니얼 옆에 앉는다. 잠자는 소크라테스.

오늘은 어떠세요, 글럭 씨? 그녀가 잠든 그의 귓가

에 대고 나지막이 말한다.

새로 산 헌책을 꺼내 첫 부분을 펼친다. "저의 목적은 다른 종류의 형태로 바뀐 몸들에 대해 말하는 것입니다. 천지신명이시여, 당신은 다른 모든 것들과 마찬가지로 이 변화들도 관장하고 계시니 저의 시도를 너그러이 보고 세상의 가장 이른 시작부터 이 시대에 이르기까지 끊이지 않는 시운을 풀어 주시옵소서."*

오늘 대니얼은 아이처럼, 머리가 아주 늙은 아이처럼 보인다.

그가 자는 모습을 보며 그녀는 무용수가 아니라 엘리자베스의 주소로 냇웨스트 은행 계좌를 개설한 사기꾼 안나 파블로바를 생각한다.

이 사기꾼은 대체 어떤 여자이기에(여자라고 가정한다면) 발레리나의 이름을 딸 생각을 했을까? 냇웨스트 직원들이 안나 파블로바라는 이름을 쓰는 사람을 수상하게 여기지 않으리라고 정말 생각했을까? 아니면 이제 모든 계좌를 기계가 개설하는데 기계는 이런 것들은 계

* 오비디우스, 『변신 이야기』.

량화할 줄 모르는 걸까?

하기야 엘리자베스가 또 뭘 알겠는가? 그다지 별스럽지 않은 이름일 수도 있다. 어쩌면 지금 이 세상에는 안나 파블로바가 100만 하고도 한 명쯤 살고 있을지도 모른다. 러시아에서는 파블로바가 스미스 정도의 성일 수도 있다.

교양 있는 사기꾼. 감수성이 예민한 사기꾼. 발걸음도 가벼운, 탁월한 표현력과 천재적인 재능을 타고난 전설적인 사기꾼. 백조 같은 죽음을 맞는 잠자는 미녀 같은 사기꾼.

어머니가 언젠가, 아주 초기에 대니얼이 조그만 요정처럼 무척 마르고 유연하다는 이유로(너무 말라서 80대 나이에도 당시 40대였던 어머니보다 사다리 타고 다락에 올라가기를 잘했다.) 아마도 늙어 가는 유명 발레 무용수이리라고 생각했던 것을 그녀는 기억한다.

어느 쪽이 좋겠니? 대니얼이 말했더랬다. 네 엄마에게 추측이 맞았다고, 램버트 무용단 소속이었다가 최근 은퇴했다고 해 줄까? 아니면 그보다는 범속하지만 사실을 말해 줄까?

꼭 거짓말로 해 주세요. 엘리자베스가 말했다.

하지만 그러면 무슨 일이 일어날지 생각해 보렴. 대니얼이 말했다.

멋질 거예요. 엘리자베스가 말했다. 정말 재미있을 것 같아요.

무슨 일이 일어날지 말해 주마. 대니얼이 말했다. 이거란다. 너하고 나는 내가 거짓말을 했다는 걸 알겠지만 네 엄마는 모르실 거야. 네 엄마는 모르는 무언가를 너하고 나는 아는 거지. 그러면 우리는 네 엄마뿐 아니라 서로에 대해서도 다르게 느낄 거야. 우리 사이에 분열이 일어나는 거지. 너는 나를 신뢰하지 못할 거야. 나는 거짓말쟁이일 테니 그럴 만하지. 우리는 모두 그 거짓말로 인해 전보다 못한 사람들이 될 거야. 자, 다시 묻자. 아직도 발레 무용수 쪽이니? 아니면 시시하더라도 사실을 말할까?

거짓말 쪽이에요. 엘리자베스가 말했다. 엄마는 내가 모르는 걸 무지 많이 알아요. 나도 엄마가 모르는 걸 조금은 알고 싶어요.

거짓말의 힘. 대니얼이 말했다. 무력한 이들에게는 항상 매력적이지. 그런데 내가 은퇴한 무용수라는 게 너의 무력감에 실질적으로 어떤 도움이 될 수 있을까?

정말 무용수셨어요? 엘리자베스가 말했다.

그건 내 비밀이란다. 대니얼이 말했다. 절대 누설하지 않을 거야. 어떤 사람에게도. 돈을 아무리 많이 준다고 해도.

1998년 3월의 화요일이었다. 엘리자베스는 열세 살이었다. 다시금 밝아진 초저녁, 그녀는 어머니의 금지령에도 아랑곳없이 대니얼과 산책을 하러 나갔다.

그들은 상가를 따라 걷다 하계 학교 대항전들이 열리고 장터와 서커스가 들어서는 공터에 다다랐다. 서커스가 떠난 직후에 바로 그 서커스 천막들이 남기고 간 평평하고 메마른 땅을 보러 엘리자베스가 마지막으로 와 봤던 곳이었다. 그녀는 그런 울적한 일들을 좋아했다. 하지만 지금은 그 모든 여름날의 일들이 일어나기는 했는지 알아볼 수 없었다. 그저 텅 빈 땅이 있을 뿐이었다. 경기용으로 그어 놓은 금들은 희미해져 있었다. 풀밭은 납작해졌고, 관람객들이 놀이기구와 한쪽 면이 열린 트레일러에 가득 들어찬 자동차 운전이며 총 쏘기 게임 사이사이로 걸어 다니던 길은 진흙탕이 되었고, 서커스 무대도 자취 없이 사라져 버렸다. 남은 것은 풀밭뿐이었다.

왠지 이것은 울적함과 달랐다. 그냥 다른 무엇이었다. 울적함이나 향수 같은 것과는 조금도 관계가 없었다. 일들이 그저 일어났다가 끝나 버린 것이었다. 시간이 그저 흘러가 버린 것이었다. 그런 생각은 한편으로는 불쾌하게, 심지어 무례하게 느껴졌으나 다른 한편으로는 좋기도 했다. 일종의 안도감이 들었다.

공터를 지나치자 다른 공터가 나왔다. 그리고 강이 나타났다.

좀 너무 멀지 않을까요, 강까지 걸어가는 건? 엘리자베스가 말했다.

그가 그녀의 어머니가 입에 달고 사는 것처럼 많이 늙었다면 그렇게 멀리까지는 가지 않으면 좋겠다 싶었다.

난 괜찮은데. 대니얼이 말했다. 그 정도야 식은 죽

먹기(bagatelle)지.

뭐라고요? 엘리자베스가 말했다.

하찮은 일(trifle)이라고. 대니얼이 말했다. 디저트 트라이플을 말하는 건 아니야. 그저 사소한 일이라고.

저기까지 갔다가 돌아오는 동안에는 뭘 하죠? 엘리자베스가 말했다.

바가텔 게임을 하자. 대니얼이 말했다.

바가텔이라는 게 정말 게임이에요? 엘리자베스가 말했다. 아니면 그냥 즉석에서 지어내신 거예요?

사실 내게도 아주 새로운 게임이란다. 대니얼이 말했다. 해 보고 싶니?

어떤 게임인지 봐서요. 엘리자베스가 말했다.

어떻게 하는 거냐면, 내가 어떤 이야기의 첫 구절을 들려주는 거야. 대니얼이 말했다.

그다음에는요? 엘리자베스가 말했다.

그러면 그걸 듣고 떠오른 이야기를 네가 들려주는 거지. 대니얼이 말했다.

그러니까 원래부터 있었던 이야기를요? 엘리자베스가 말했다. 『골디락스와 곰 세 마리』같이요?

가엾은 곰들. 대니얼이 말했다. 심술궂고 버릇없고 기물을 파손하는 여자애. 초대받지 않고 예고도 없이 남의 집에 들이닥쳐 세간을 다 부수고 음식을 훔쳐 먹고 침실 벽에는 스프레이 페인트로 제 이름을 쓰지.

벽에 스프레이 페인트로 이름을 쓰지는 않아요. 엘리자베스가 말했다. 그런 건 이야기에 없어요.

누가 그러던? 대니얼이 말했다.

그 이야기는 아주 오래전에 나왔어요. 아마 스프레이 페인트 같은 게 나오기 한참 전일 거예요. 엘리자베스가 말했다.

누가 그러던? 대니얼이 말했다. 그 이야기가 지금 일어나고 있지 않다고 누가 그러던?

제가요. 엘리자베스가 말했다.

흠, 그럼 넌 바가텔 게임에 지는 거야. 대니얼이 말했다. 바가텔의 요점은 사람들이 다 끝났다고 생각하는 이야기를 갖고 장난을 치는(trifle) 거거든. 아, 그리고 디저트 트라이플을 말하는 게 아니라…….

저도 알아요. 엘리자베스가 말했다. 칫, 저를 우습게 만들지 마세요.

너를 우습게 만든다고? 대니얼이 말했다. 내가? 자, 어떤 종류의 이야기를 갖고 장난을 치고 싶니? 네가 골라 보렴.

그들은 두 개의 공터를 다 지나 강가의 벤치에 다다랐다. 엘리자베스로서는 처음으로 오래 걸렸다는 느낌 없이 공터를 건넌 것이었다.

선택지가 있나요? 엘리자베스가 말했다.

아무거나 괜찮다. 대니얼이 말했다.

진실 게임 같은 건가요? 그런 종류의 선택이에요?

그것과는 좀 반대되지만 뭐 그럴 수도 있고. 대니얼이 말했다.

전쟁과 평화 가운데서 골라도 돼요? 엘리자베스가 말했다.

(뉴스는 매일같이 전쟁 소식을 전했다. 포위 공격들이 펼쳐졌고 시신이 담긴 부대들이 나왔다. 엘리자베스는 사전에서 학살이라는 단어가 정확히 무슨 뜻인지 찾아보았다. 그것은 특수한 폭력과 잔학성으로 많은 사람을 죽인다는 뜻이었다.)

운 좋게도 넌 그 가운데서 하나를 고를 수 있구나. 대니얼이 말했다.

전쟁을 고르겠어요. 엘리자베스가 말했다.

정말로 전쟁을 원하니? 대니얼이 말했다.

"정말로 전쟁을 원하니?"가 이야기의 첫 구절인가요? 엘리자베스가 말했다.

그럴 수도 있단다. 대니얼이 말했다. 네가 그걸 선택한다면.

누가 등장하나요? 엘리자베스가 말했다.

네가 한 명 만들어 내면 나도 한 명 만들어 내마. 대니얼이 말했다.

총을 든 남자요. 엘리자베스가 말했다.

좋아. 대니얼이 말했다. 그럼 난 나무로 변장한 남자로 하겠다.

뭐라고요? 엘리자베스가 말했다. 그건 안 돼요. 다른 총을 든 다른 남자 같은 걸 하셔야 맞죠.

왜 그래야 하는데? 대니얼이 말했다.

전쟁이니까요. 엘리자베스가 말했다.

나도 이야기에 얼마간 권한이 있고 나는 나무 옷을 입은 사람을 고를 거란다. 대니얼이 말했다.

왜요? 엘리자베스가 말했다.

독창성 때문이지. 대니얼이 말했다.

독창성이 있다고 아저씨가 선택한 인물이 게임에서 이기지는 않아요. 엘리자베스가 말했다. 제가 고른 인물은 총을 가졌으니까요.

그게 우리가 가진 전부도 아니거니와 우리 책임의 전부도 아니란다. 대니얼이 말했다. 나무처럼 보이는 능력을 가진 사람도 있는 거야.

총알은 나무 옷보다 빠르고 강하니까 그따위는 찢어발겨 없애 버리고 말걸요. 엘리자베스가 말했다.

그런 게 네가 만들어 내고 싶은 세상이니? 대니얼이 말했다.

세상을 만들어 내는 건 아무 의미 없어요. 엘리자베스가 말했다. 실제 세상이 이미 있으니까요. 그냥 세상이 있고, 세상에 대한 진실이 있어요.

네 말은 그러니까 진실이 있고 그것의 가짜 버전이 따로 있는데 우리는 그 가짜를 듣고 산다는 거로구나. 대니얼이 말했다.

그게 아니라 세상은 실재해요. 이야기들은 만들어지고요. 엘리자베스가 말했다.

하지만 그렇다고 해서 덜 진실인 건 아니지. 대니얼이 말했다.

그건 초강도 헛소리예요. 엘리자베스가 말했다.

그리고 이야기를 만들어 내는 사람이야말로 세상을 만들어 낸단다. 대니얼이 말했다. 그러니까 늘 네 이야기의 집에 사람들을 반겨 맞으려고 해 보렴. 그게 내 제안이다.

이야기를 꾸며 내는 게 어떻게 사람들을 반겨 맞는 건가요? 엘리자베스가 말했다.

그러니까 내 말은 이야기를 할 때면 항상 인물들에게 네가 스스로에게 기대하는 만큼의 우선적인 신뢰를 부여하려 노력해 보라는 거야. 대니얼이 말했다.

연금 같은 건가요? 실업 수당 같은 거예요?* 엘리자베스가 말했다.

우선적인 신뢰는 필수야. 대니얼이 말했다. 그리고 항상 인물들에게 선택할 수 있게 해 줘야 해. 총을 가진 남자 앞에서 나무 옷밖에 가지지 않은 사람도, 그러니까

---

* 우선적인 신뢰(benefit of the doubt)의 'benefit'에는 '이득, 혜택, 수당'이라는 뜻도 있는데, 엘리자베스가 말을 못 알아들은 척하는 상황이다.

선택의 여지가 전혀 없어 보이는 사람도 마찬가지야. 항상 선택할 수 있게 해 줘야 하지.

제가 왜 그래야 하는데요? 엘리자베스가 말했다. 아저씨는 골디락스에게 집을 주지 않으셨잖아요.

내가 그 아이에게 스프레이 페인트 통을 들고 들어가지 못하게 한 적이 있니? 대니얼이 말했다.

그거야 그렇게 할 수 없어서죠. 엘리자베스가 말했다. 그건 이미 이야기의 한 부분이니까, 이야기마다 늘 그렇게 곰들의 오두막에 들어가니까요. 그래야만 하는 거예요. 그러지 않으면 이야기가 없는 거고요, 그렇죠? 스프레이 페인트 통 부분만 빼고요. 그건 아저씨가 꾸며 낸 거니까.

스프레이 페인트 통이 이야기의 나머지보다 더 꾸며 낸 것일까? 대니얼이 말했다.

그럼요. 엘리자베스가 말했다.

그리고 생각해 봤다.

아! 그녀가 말했다. 그러니까 아니라고요.

그리고 내가 이야기꾼이라면 이야기를 내 마음대로 할 수 있는 거란다. 대니얼이 말했다. 그렇게 보면 만일 너도…….

그러면 뭐가 진실인지는 대체 어떻게 알 수 있죠? 엘리자베스가 말했다.

이제 말이 통하는구나. 대니얼이 말했다.

그리고 만일 맞아요, 만일 골디락스가 다른 선택의 여지가 없어 그랬다면요? 엘리자베스가 말했다. 만일 죽이 너무 뜨거워서 정말 화가 났고 그래서 그렇게 초강도로 꼭지가 돌아서 스프레이 페인트 통을 들고 나선 거였다면요? 만일 식은 죽을 먹으면 언제나 예전의 어떤 기억이 떠올라서 정말 화가 난 거였다면요? 만일 예전에 몹시 끔찍한 일이 일어났는데 죽을 먹자 그 일이 떠올랐고 그래서 그렇게 화가 나서 의자를 부수고 침대를 몽땅 흐트러뜨린 거였다면요?

또는 만일 단순한 기물 파손자인데 말이야, 여기저기 돌아다니며 아무 이유 없이, 다만 이야기의 책임자인 내가 골디락스들은 다 똑같다고 결정했기 때문에 그렇게 때려 부순 거라면? 대니얼이 말했다.

저는 개인적으로 그 아이에게 우선적인 신뢰를 부여하고 싶어요. 엘리자베스가 말했다.

이제 너도 준비가 됐구나. 대니얼이 말했다.

무슨 준비요? 엘리자베스가 말했다.

있는 그대로 바가텔 게임을 할 준비 말이다. 대니얼이 말했다.

수백만 수억만의 꽃들이 봉오리를 여는, 수백만 수억만의 꽃들이 고개를 숙이고 다시 봉오리를 닫는, 수백만 수억만의 다른 꽃들이 봉오리를 여는, 수백만 수억만의 잎눈들이 잎이 되고 그 잎들이 떨어져 땅속으로 썩어드는, 수백만의 잔가지들이 수백만 수억만의 다른 새 잎눈들로 갈라져 가는 장면의 저속 촬영.

이십 년에 조금 못 미치는 세월이 흐른 지금 몰팅스 요양원 대니얼의 병실에 앉아 있는 엘리자베스는 그날의, 그 산책의, 바로 앞에 묘사된 대화를 하나도 기억하지 못한다. 하지만 우리가 경험하는 모든 것의 차원을(그 3월 저녁의 온화한 대기와 공기 중에 떠돌던 새로운 계절의 냄새와 멀리서 들려오는 자동차 소리들과 그녀의 감각과 인식이 그 시간과 장소와 그것들에 깃든 자신의 존재에 관해 이해했던 전부를 포함하여) 온전히 그러나 찾기 어려운 곳에 저장하는 인간 뇌세포에서 고스란히 구조되고 보존된, 대니얼이 실제로 들려준 이야기가 여기 있다.

나무 옷이 나오는 이야기나 만들고 있을 수는 없어요. 엘리자베스가 말했다. 제정신이라면 아무도 그런 걸로 좋은 이야기를 만들 수 없을 테니까요.

그렇다면 내 제정신에 도전하는 거니? 대니얼이 말했다.

두말할 여지 없이요. 엘리자베스가 말했다.

그래, 알았다. 대니얼이 말했다. 내 제정신은 네 도전에 응하겠다.

정말로 전쟁을 원하나요? 나무 옷을 입은 사람이 말했다.

나무 옷을 입은 사람은 양손을 치켜든 것처럼 가지들을 허공에 세우고 서 있었다. 총을 든 남자는 나무 옷을 입은 사람을 향해 총을 겨누고 있었다.

나를 협박하는 건가요? 총을 든 남자가 말했다.

아니요. 나무 옷을 입은 사람이 말했다. 총을 든 건 당신이잖아요.

나는 평화를 사랑하는 사람이에요. 총을 든 남자가 말했다. 말썽을 원하지 않아요. 그래서 이 총을 갖고 다니는 거예요. 그리고 당신 같은 사람들에게 유감이 있는 것도 아니고요.

나 같은 사람들이라니 무슨 뜻이죠? 나무 옷을 입은 사람이 말했다.

말 그대로예요. 한심한 팬터마임*용 나무 옷을 입은 사람들 말이지요. 총을 든 남자가 말했다.

뭐가 잘못됐나요? 나무 옷을 입은 사람이 말했다.

모두가 나무 옷을 둘러쓰기 시작하면 어떨지 한번 생각해 봐요. 총을 든 남자가 말했다. 마치 숲속에 사는 것 같을걸요. 실은 숲속에 살지 않는데 말이에요. 이 마을은 내가 태어나기 훨씬 전부터 마을이었어요. 내 부모

---

* 주로 크리스마스 즈음에 가족들이 함께 즐기는 음악극으로, 유명한 동화를 바탕으로 한 것이 많다.

님에게, 그리고 내 조부모님과 증조부모님에게도 살 만한 마을이었다면요.

당신 자신의 복장은 어떻고요? 나무 옷을 입은 사람이 말했다.

(총을 든 남자는 청바지와 티셔츠를 입고 야구 모자를 쓰고 있다.)

이건 특별한 복장이 아니에요. 남자가 말했다. 그냥 내 옷이에요.

그럼 이건 내 옷이에요. 그런데 나는 당신 옷을 한심하다고 하지 않잖아요. 나무 옷을 입은 사람이 말했다.

그거야 그럴 만한 배짱이 없어서겠죠. 총을 든 남자가 말했다.

그리고 총을 휘둘렀다.

게다가 어찌 됐건 당신 옷은 사실 한심해요. 그가 말했다. 보통 사람들은 나무 옷을 입고 돌아다니지 않아요. 최소한 여기에서는 그러지 않아요. 다른 도시나 마을에서는 어쩌는지 나야 알 수 없는 일이고, 그거야 거기 사람들이 알아서 할 일이죠. 하지만 가만 놔둔다면 당신이 우리 아이들에게도 나무 옷을 입히고 여자들에게도 나무 옷을 입힐 거예요. 싹부터 잘라야 해요.

총을 든 남자가 총을 들어 겨누었다. 나무 옷을 입은 남자는 두꺼운 솜뭉치 속에 숨어 공격에 대비했다. 복장의 아래쪽에 그려진 풀잎들이 그림의 뿌리 근처에서 덜덜 떨었다. 남자가 자신의 총을 살펴봤다. 그가 눈앞에 들고 있던 총을 내렸다. 그리고 웃음을 터뜨렸다.

거참 웃기는 게요, 전쟁 영화들을 보면 누군가를 처형하려고 할 때 나무나 말뚝 앞에 세운다는 게 방금 떠올랐어요. 그가 말했다. 그러니까 당신을 쏘는 것은 아무도 쏘지 않는 것과 약간 비슷한 셈이에요.

그가 총을 자기 눈에 갖다 댔다. 그는 나무의 줄기를 향해, 나무 옷 속에 들어 있는 사람의 심장이 있을 만한 곳을 향해 총을 겨눴다.

그러니까. 난 끝이다. 대니얼이 말했다.

거기서 그만두면 안 되죠! 글럭 씨! 엘리자베스가 말했다.

안 되니? 대니얼이 말했다.

조용한 병실. 엘리자베스는 대니얼 옆에 앉아 책을 펴 들고 변신에 대해 읽고 있다. 그들 주변에는 눈에 보이지는 않지만 총에 맞아 죽은 팬터마임 속 인물들이 온 우주에 퍼져 있다. 여사님은 죽었다. 못생긴 자매들도 죽었다. 신데렐라와 요정 할머니도, 알라딘도, 장화 신은 고양이와 딕 휘팅턴도 모두 살해되었다. 팬터마임의 옥수수, 팬터마임의 학살, 희극의 비극, 죽었다, 죽었다, 죽었다.

나무 옷을 입은 사람만 아직 살아남았다.

그런데 총을 든 남자가 마침내 총을 쏘려는 찰나 나무 옷을 입은 사람은 총을 든 남자의 눈앞에서 진짜 나무로, 거대한 나무로, 매혹적인 잎들을 흔들며 우뚝 치솟은 황금빛 물푸레나무로 변신한다.

총을 든 남자가 제아무리 나무를 향해 총을 쏘아도 총알로는 나무를 죽이지 못한다.

그래서 그는 굵은 나무줄기를 발로 찬다. 제초제를 사다가 뿌리에 뿌리거나 석유와 성냥불로 태워 버려야겠다고 결심한다. 그가 몸을 돌린다. 그 순간 팬터마임의 말의 절반이 그의 머리를 차고 그는 총을 쏠 타이밍을 아차 놓친다.

그가 바닥에 나자빠진다. 스러진 팬터마임 위에 그

도 죽은 채 누워 있다. 초현실주의적인 지옥의 광경이다.

초현실주의가 뭐예요, 글럭 씨?

이런 거란다. 이렇게 그들은 누워 있고. 비가 내리고. 바람이 불지. 계절들이 지나고 총이 녹슬고 선명한 색의 복장들이 퇴색해 썩고 주변 나무들에서 잎이 떨어져 그들 위에 수북이 쌓이고 그들을 뒤덮고 그들 주위에 풀이 자라다가 그들에게서도 풀이 솟고 그들의 몸을, 그들의 갈비뼈와 눈구멍을 뚫고 자라고 풀에 꽃이 피고 복장과 썩는 부분은 다 썩고 먹을 것이 생겨 반가운 생물들에게 말끔히 뜯어 먹혀 아무것도 남지 않고 무고한 팬터마임의 등장인물들도 총을 든 남자도 뼈만 남아서 풀밭과 꽃들과 그들 위 물푸레나무의 우거진 이파리에 깃드는 것. 결국 그것이 우리에게 남겨지는 전부란다. 우리가 여기 있는 동안 총을 들고 다니건 들고 다니지 않건 똑같지. 우리가 여기 있는 동안 말이야. 그러니까 내 말은, 우리가 아직 여기 있는 동안.

대니얼은 잠시 눈을 감은 채 벤치에 앉아 있었다. 순간이 길어졌다. 그것은 이제 순간보다 한동안에 가까워졌다.

글럭 씨. 엘리자베스가 말했다. 글럭 씨?

그녀가 그의 팔꿈치를 살짝 밀었다.

아. 그래. 내가, 내가…… 내가 무슨 말을 하고 있었더라?

"우리가 여기 있는 동안"이라고 말씀하셨어요. 엘리자베스가 말했다. 그 말을 두 번 하셨어요. 우리가 여기 있는 동안. 그러더니 말씀을 멈추셨어요.

내가 그랬니? 대니얼이 말했다. 우리가 여기 있는 동안. 뭐, 우리가 여기 있는 동안 그 말을 하는 사람에 대해서는 항상 희망을 가져 보자.

무슨 말요, 글럭 씨? 엘리자베스가 말했다.

정말로 전쟁을 원하니? 대니얼이 말했다.

엘리자베스의 어머니는 이번 주에 훨씬 기분이 좋다, 다행히도. 「황금 망치」라는 텔레비전 프로그램의 출연자로 선정됐다는 이메일을 받았기 때문이다. 일반인들과 유명인들 및 골동품 전문가들이 편을 가른 뒤 일정한 예산으로 골동품 가게들을 돌아다니며 물건을 구매해 경매장에서 최고가에 판매하려고 경쟁하는 프로그램이다. 마치 천사 가브리엘이 그녀의 어머니의 삶의 문간에 나타나 무릎을 꿇고 머리를 조아린 뒤 이렇게 선언하기라도 한 것 같았다. "잡동사니로 가득한 가게 안에, 버려지고 부서지고 시대에 뒤떨어지고 변색하고 팔리고 사라지고 잊힌 물건들 사이에 사람들의 생각보다 훨씬 값비싼 물건이 있는데, 우리는 시간과 역사의 찌꺼기 속에서 그것을 발굴할 분은 바로 당신이라고 결정했습니다."

엘리자베스의 어머니가 식탁 앞에 앉아 있는 그녀에게 「황금 망치」의 지난 편을 보여 주며 무엇이 기대되는지 알려 준다. 하지만 엘리자베스는 어머니의 집에 오는 길에 있었던 일을 생각한다. 대부분 역 앞 택시 타는 곳에서 줄을 서 있던 스페인인 커플에 대한 것이다.

바닥에 짐이 널린 것으로 보아 휴가를 온 것이 분명했다. 줄 뒤쪽에 있던 사람들이 그들을 향해 소리쳤다. 그들이 그들에게 소리친 말은 너희 나라로 돌아가라는 것이었다.

여기는 유럽이 아니에요. 그들이 소리쳤다. 유럽으로 돌아가요.

스페인인 커플 앞에 선 사람들은 친절했다. 그들은 커플에게 다음 택시를 양보해 상황을 진정시키려 했다. 하지만 순간적으로 일어난 이 사건이 화산의 파편에 불과함을 엘리자베스는 감지했다.

부끄러움은 바로 이런 느낌이야. 그녀가 생각한다.

한편 텔레비진 화면은 아직 늦은 봄이고 과거부터 전해 내려온 잡동사니는 돈을 주고 살 가치가 있다. 수십 년 된 옛날 차를 타고 돌아다니는 모습이 많이 나온다. 길가에 차를 멈추고 옛날 차의 보닛이 뿜어 대는 연기를 보고 걱정하는 모습도 많이 나온다.

엘리자베스는 「황금 망치」에 관해 어머니에게 할 말을 생각해 내려 애쓴다.

엄마는 어떤 빈티지 차를 타게 될지 궁금하네요. 그녀가 말한다.

아니야, 일반인 출연진은 못 타. 그녀의 어머니가 말한다. 유명인들과 전문가들만 그런 차를 타. 그들은 왕림해. 우리는 가게 안에서 그들을 만나려고 대기하고.

왜 차를 못 탄대요? 엘리자베스가 말한다. 정말 황당하네요.

아무도 모르는 사람들이 옛날 차를 타고 돌아다니는 걸 방송해 봤자 낭비겠지. 그녀의 어머니가 말한다.

엘리자베스의 눈에는 「황금 망치」의 재방송 화면에 나오는 시골길 가장자리에 자라난 전호가 정말로 아름다웠다. 옥스퍼드셔와 글로스터셔를 무대로 작년에 촬영한 편이라고 그녀의 어머니가 말한다. 유명인들(엘리자베스는 그들이 누구이고 왜 유명인인지 전혀 모른다.)이 종알거리는 동안 전호는 품위 있게 서 있다. 그들 중 하나가 1970년대 팝송을 부르며 황금색 닷선을 몰던 시절을 회고한다. 다른 한 명은 「올리버」에서 단역을 맡았던 경험을 정답게 들려준다. 빈티지 차들이 영국을 가로지르며 매연을 내뿜는다. 차창 밖으로 스치는 전호는 늘씬하고 빗방울을 달고 있으며 건장하고 푸르다. 그것은 부수적이다. 엘리자베스는 자신이 이 부수성을 심오한 진술로 생각하고 있음을 깨닫는다. 전호는 그 자신의 언어를, 프로그램에 나오거나 프로그램을 만드는 누구도 알지 못하고 그것이 말해지고 있음을 깨닫지 못하는 언어를 갖고 있다.

엘리자베스는 전화기를 꺼내 메모한다. 어쩌면 강의에 써먹을 수 있을지도 모른다.

그러자 그래 봤자 아마 곧 강의고 뭐고 일자리를 잃게 되리라는 사실이 떠오른다.

그녀는 켜진 화면이 아래로 가게 전화기를 식탁에

내려놓는다. 이번 주에 빚더미 속에서, 이제 미래가 과거가 돼 버린 상황에서 졸업하는 학생들을 생각한다.

텔레비전 프로그램의 차들이 시골의 어느 창고 앞에 선다. 여러 대의 차에서 많은 사람이 내린다. 창고의 문 앞에서 유명인들과 전문가들이 일반인 두 사람과 만난다. 그 둘은 자신들이 일반인임을 보여 주기 위해 운동복을 입고 있다. 그리고 시작이다. 유명인들과 전문가들과 일반인들이 저마다 다른 방향으로 창고를 순회한다.

일반인 한 사람이 점주가 빈티지 금전 등록기라고 부르는 낡은 돈궤를 30파운드에 산다. 작동은 되지 않지만 굽은 가슴 부분에 박힌 밝은 흰색과 빨간색 단추들이 1960년대에 극장 문지기였던 할아버지의 유니폼을 떠올리게 한다고 일반인이 말한다. 화면이 실물 크기의 개들과 아이들 모양의 자선냄비 몇 개를 발견한 한 유명인으로 바뀐다. 그것들은 과거 또는 과거와 미래가 충돌하는 공상 과학 영화에서 찾아온 마을 주민 대표들처럼 창고 문가에 모여 서 있다. 가게 바깥에 두고 드나드는 손님들이 잔돈을 집어넣게 하는 데 쓰이던 물건이다. 곰 인형을 손에 든 진분홍색 소녀가 있고, 더러운 양말처럼 보이는 것을 들고 있으며 주로 갈색으로 칠해진 초라한 행색의 소년도 있고, 가슴에 "감사합니다"라는 글귀가 새겨져 있고 다리에 부목을 댄 밝은 빨간색 소녀도 있고, 애원하는 눈빛에 동전 구멍이 뚫린 작은 상자들을 목에 건 채 머리에 동전 구멍이 뚫려 있는 새끼 강아지 두 마리를 거느린 스패니얼도 있다.

전문가 한 명이 몹시 흥분하기 시작한다. 그녀는 카메라를 향해 갈색 옷을 입은 소년 자선냄비는 바나도 박사 보육원*의 아이였고 이 세트 중 가장 빈티지라고 설명한다. 그녀는 소년이 서 있는 받침에 새겨진 활자가 1960년대 이전 것이며 "부디 기부하세요, 아이가 살 수 있도록"이라는 글귀 자체도 사라진 시대의 유물이라고 지적한다. 그녀는 이어서 카메라를 보고 고개를 끄덕이며 한쪽 눈을 찡긋한 다음 하지만 자기라면 스패니얼을 고를 것이라고, 왜냐하면 개 모양 물건들이 경매 성과가 좋은 데다 갈색 옷을 입은 소년은 빈티지이기는 해도 온라인 경매가 아니라면 기대만큼 좋은 성과가 나오기 힘

* 1866년 토머스 존 바나도가 설립한 영국 최대의 어린이 자선 단체.

들 것이기 때문이라고 말한다.

저 사람들이 말하지 않는 게 하나 있어. 그녀의 어머니가 말한다. 몰라서 말하지 않는 것일 수도 있는데, 저 자선냄비들이 지난 세기 초 목에 상자를 걸고 기차역 같은 곳을 돌면서 자선 단체를 위해 동전을 구걸하던 실제 개들을 본떠서 만들어졌다는 사실이지.

아. 엘리자베스가 말한다.

저쪽 저것 같은 개 모양 자선냄비들은 실제 개들을 본떠서 만들어졌어. 그녀의 어머니가 말한다. 그뿐 아니라 개들이 죽고 나면 박제를 해서 기차역이든 어디든 생전에 일을 하며 지낸 공공장소에 세워 놓았어. 그래서 기차역에 가면 저만치에서 닙, 렉스 또는 밥이 죽어 박제가 된 채, 그럼에도 여전히 목에 상자를 걸고 서 있는 걸 보게 되는 거야. 확신하건대 바로 거기서 저 개 모양 자선냄비들이 기원했을 거야.

엘리자베스는 마음이 약간 어지럽다. 그 이유가 자신이 어머니는 아는 것이 별로 없는 사람이라고 여기기를 좋아하는 데 있음을 그녀는 깨닫는다.

그런 가운데 화면 속의 참가자들이 "에이브러햄 링

컨의 회계 정책"이라는 글귀가 옆면에 인쇄된 머그잔 세트를 들고 흥분하여 문밖으로 나온다. 창고 바깥의 초록색 들판에 선 사회자들의 머리 뒤로 나비 한 마리가 보인다. 작은 흰나비가 꽃에서 꽃으로 옮겨 다닌다.

게다가 상태도 놀랍도록 훌륭하네요. 유명인이 말하고 있다.

1974년 혼시. 그녀의 어머니가 말한다. 수집가들의 꿈이지.

1970년대 중반 요크셔예요. 그것들을 산 전문가가 말한다. 미국 대통령 시리즈죠. 바닥에 혼시 상표가 선명해요. 독수리 문양도 그렇고요. 혼시는 전후인 1949년에 설립됐고 십오 년 전에 법정 관리에 들어갔어요. 1970년대가 전성기였죠. 무엇보다도 이런 물건을 한 번에 일곱 개나 찾는다는 건 드문 일이에요. 수집가들의 꿈이라고 할까요.

맞지? 그녀의 어머니가 말한다.

그래요, 하지만 이미 보신 거잖아요. 그러니 어디 제품인지 안다고 놀라울 것도 없죠. 엘리자베스가 말한다.

그렇지. 내 말은 배우고 있다 이거야. 그녀의 어머니

가 말한다. 이제 그게 뭔지 안다는 거야.

저는 경매장에서 저게 제일 걱정될 것 같아요. 화면에 군데군데 손상된 자선냄비들이 보이는 가운데 첫 번째 전문가가 내레이션을 한다. 일반인 한 사람이 혹시 아직 돈이 들어 있나 보려고 다리에 부목을 댄 빨간색 소녀를 이리저리 흔든다.

더는 못 보겠어요. 엘리자베스가 말한다.

왜? 그녀의 어머니가 말한다.

뭐, 볼 만큼 다 봤으니까요. 엘리자베스가 말한다. 많이 봤어요. 고마워요. 엄마가 저기 나간다니 아주아주 신나요.

그러자 그녀의 어머니가 자신과 함께 출연할 유명인 한 사람을 랩톱에 띄워 엘리자베스에게 보여 준다.

60대 여자의 사진이 하나 떠 있다. 그녀의 어머니가 랩톱에 대고 손을 흔든다.

이것 봐! 그녀가 말한다. 근사하지 않니?

이 사람이 누군지 전혀 모르겠는데요. 엘리자베스가 말한다.

조니야! 그녀의 어머니가 말한다. 「공중전화 부스의

아이들」에 나왔잖아!

60대의 여자는 엘리자베스의 어머니가 아이일 때 텔레비전에 나왔던 사람인 모양이다.

사실 믿어지지가 않아. 엘리자베스의 어머니가 말한다. 내가 조니를 만난다니. 네 외할머니가 살아 계신다면. 네 외할머니에게 말해 줄 수 있다면. 열 살 시절의 나에게 말해 줄 수 있다면. 열 살의 나는 흥분해서 어쩔 줄 모르겠지. 그냥 만나는 정도가 아니잖아. 텔레비전 프로그램에 출연하는 거야. 조니하고.

그녀의 어머니가 유튜브 페이지가 열린 랩톱 화면을 그녀 쪽으로 돌린다.

보이지? 그녀가 말한다.

체크무늬 셔츠를 입고 말총머리를 한 열네 살쯤 되었을 소녀가 런던의 거리처럼 꾸민 텔레비전 스튜디오에서 춤을 추는데 함께 춤을 추는 사람은 공중전화 부스 복장을 하고 있어서 그야말로 공중전화 부스가 소녀와 춤을 추는 것처럼 보인다. 공중전화 부스는 무용수치고는 다소 뻣뻣하고 소녀도 덩달아 뻣뻣해져 공중전화 부스에 맞춰 스텝을 밟는다. 소녀는 밝고 따뜻하고 사랑스럽고 공중전화 부스 복장의 무용수는 공중전화 부스라면 저렇게 춤을 추겠다 싶을 만큼 썩 잘해 낸다. 온 거리가 하던 일을 멈추고 일제히 이 춤을 지켜본다. 그때 부스의 열린 문으로 수화기가 마법에 걸린 뱀처럼 쓱 나오고 소녀가 그것을 들어 머리에 댄다. 춤이 끝나고 소녀가 "여보세요?" 한다.

바로 이 편을 본 기억이 나. 엘리자베스의 어머니가 말한다. 우리 집 거실에서. 내가 어릴 적에.

아이고. 엘리자베스가 말한다.

그녀의 어머니가 다시 그것을 본다. 엘리자베스는 전화기로 그날의 신문을 훑어보며 지난 반 시간 동안 일어난 통상적인 큰 변화들을 따라잡으려 한다. 그녀가 「내 눈을 보라」라는 기사를 누른다. "탈퇴하라. 유럽 연합 캠페인, 텔레비전 출연 최면술사와 상담." 그녀는 화면을 죽죽 내려 가며 대충 본다. "감화력. 나는 당신을 행복하게 해 줄 수 있습니다. 최면 요법 위 밴드. 사회관계망 서비스 광고 제작에 참여했습니다. 염려되십니까? 거정되십니까? 이제 시간이 되지 않았을까요? 텔레비전 방송에 넋이 빠져 있는 것 또한 최면이라고 할 수 있어요. 사실만으로는 안 됩니다. 사람들과 정서적으로 접속해야 해요. 트럼프." 그녀의 어머니가 사십 년 전의 춤을 한 번 더 튼다. 명랑한 음악이 다시 시작된다.

엘리자베스는 전화기를 끄고 복도로 나가 외투를 집어 든다.

좀 나갔다 올게요. 그녀가 말한다.

그녀의 어머니가 여전히 화면을 들여다보며 고개를 끄덕이고 쳐다보지도 않고 손을 흔든다. 아마도 눈물일 물질로 눈이 반짝인다.

하지만 아름다운 날이다.

엘리자베스는 동네를 걸으며 어린아이 모양의 자선 냄비들 또한 개 모양의 것들처럼 실제 거지들, 조그맣고 다리에 부목을 대고 목에 상자를 건 아이 거지들을 본떠 만들었을지 궁금해한다. 실제 아이들을 박제해 기차역에 세워 놓을 계획이 세워진 일이 있었을지도 궁금해한다.

그녀는 '돌아가'와 '네 나라로'가 아직도 벽을 가로질러 쓰여 있는 집을 지나가다가 그 아래 누군가가 다채롭고 화사한 색깔로 "미안하지만 여기가 우리 나라랍니다"라고 쓰고 그 옆에 나무 한 그루와 선홍색 꽃들을 그려 놓은 것을 본다. 꽃들이, 셀로판지와 종이에 싸인 진짜 꽃들이 근처의 포장도로에 많이 놓여 있어 마치 최근에 그곳에서 사고가 일어난 것처럼 보이기도 한다.

그녀는 나무와 꽃 그림의 사진을 찍는다. 그리고 축구 경기장을 지나 마을에서 빠져나가 공터로 들어가며 전호와 그림 속의 꽃들을 생각한다. 폴린 보티의 「장폴 벨몽도에게 사랑을 담아」라는 그림이 떠오른다. 일자리가 있는지 여부를 떠나 그것에 무언가가 있을지도 모른다. 언어로 쓰인 색상, 미학적이고도 자연스러운 색상의 활용, 긴박한 시대에 그 집 앞에 그려진 야생의 희열 가득한 밝음. 그리고 보티의 그 그림 같은 그림에 담긴 것들. 보티의 그 그림은 감각적인 색조가 이차원적 자아를 장식하고, 하도 순수하여 물감을 튜브에서 캔버스에 바로 짠 것 같은 주황색과 초록색과 빨간색이 그것을 아우르며, 색상뿐 아니라 추상적인 꽃잎들 때문에 깊숙한 음부 같은 장미가 벨몽도의 머리에 쓴 모자에 얹힌 모습이 마치 그를 강렬하게 짓누르는 동시에 강렬하게 띄워 올리는 것만 같다.

전호. 꽃 그림. 이미지의 재이미지화에 나타난 보티

의 지극히 순수한 빨간색들. 그것을 한데 묶으면 무엇이 남을까? 무언가 쓸 만한 것이 나올까?

그녀는 걸음을 멈추고 전화기에 메모한다. "체념과 실재"라고 쓴다.

퍽 오랜만에 자신을 되찾은 느낌이다.

냉정이 에너지를 만나다/
인공이 자연을 만나다/
강렬한 에너지/
타고난 정력가(livewire)

그녀는 고개를 들어 본다. 그녀는 전기가 흐르는 전선(livewire)을 둘러친 울타리로부터 몇 미터밖에 떨어져 있지 않음을 깨닫는다.

울타리는 그새 두 배 규모가 됐다. 그녀가 확실히 본 것이라면 하나가 아니라 두 개가 나란히 놓여 있다.

정말 그렇다. 첫 번째 울타리 너머 3미터쯤 떨어진 곳에, 말끔하게 정돈된 공간을 사이에 두고, 똑같이 음험하고 천박한 윤형 철조망이 얹힌 똑같은 철망 울타리가 놓여 있다. 이 다른 울타리에도 전기가 흐르고 있어 그것들 옆을 지나칠 때 바로 눈 옆에서 다이아몬드 모양의 철망이 번쩍이는 다소 간질병적인 경험마저 하게 된다.

엘리자베스는 전화기로 사진을 찍는다. 그리고 쇠기둥 옆에서 파헤쳐진 진흙 틈새로 다시 솟아나는 잡초들도 한두 장 찍는다.

그녀는 주변을 둘러본다. 사방에서 잡초와 꽃들이 다시 솟아나고 있다.

그녀는 울타리를 따라 800미터쯤 걷다가 두 개의 울타리 사이의 평지를 달리는 검은색 SUV 트럭과 마주친다. 트럭이 그녀를 지나 앞쪽에 멈춰 선다. 시동이 꺼진다. 그녀가 트럭과 나란히 서자 창문이 내려간다. 한 남자가 고개를 내민다. 그녀가 고갯짓으로 인사를 한다.

날이 좋네요. 그녀가 말한다.

여기에서 걸어 다니면 안 돼요. 그가 말한다.

걸어 다녀도 돼요. 그녀가 말한다.

그러고는 다시 고갯짓을 하고 웃어 보인다. 계속해서 걷는다. 뒤에서 트럭에 시동이 걸리는 소리가 들린다. 그녀를 따라잡은 남자가 그녀가 걷는 속도에 맞춰 트럭을 몬다. 그리고 다시 창밖으로 고개를 내민다.

이곳은 사유지예요. 그가 말한다.

아니에요. 그녀가 말한다. 공유지예요. 그리고 공유지란 사유지가 아니라는 뜻이죠.

그녀가 걸음을 멈춘다. 트럭이 그녀를 앞질러 간다. 트럭이 후진한다.

도로로 돌아가시죠. 후진하면서 그가 창밖으로 외친다. 차는 어디 있어요? 차를 세운 곳으로 돌아가셔야 해요.

그럴 수 없는데요. 엘리자베스가 말한다.

왜죠? 남자가 말한다.

차가 없거든요. 엘리자베스가 말한다.

그녀가 다시 걷기 시작한다. 남자가 가속 페달을 밟아 그녀를 지나쳐 간다. 그가 몇 미터 앞쪽에서 트럭을 세우고 시동을 끄고 트럭 문을 연다. 그는 트럭 옆에 서 있고 그녀가 그에게 다가간다.

지금 노골적으로 위반하고 계십니다. 그가 말한다.

무얼 위반한다는 거죠? 엘리자베스가 말한다. 또 내가 어디에 있다는 건지 모르지만 뭐, 여기서 보니 댁이야말로 감옥 안에 있는 것 같군요.

그가 상의 주머니를 열어 전화기를 꺼낸다. 그녀의 사진이나 동영상을 찍겠다는 듯 그것을 들어 올린다.

그녀가 울타리 위의 카메라들을 가리킨다.

이미 충분히 찍지 않았을까요? 그녀가 말한다.

즉시 이곳을 떠나지 않으면 경비원이 강제로 내보낼 겁니다. 그가 말한다.

그렇다면 댁은 경비원이 아니라는 말씀인가요? 그녀가 말한다.

그녀는 그가 전화기를 꺼낸 주머니 위의 로고를 가리킨다. SA4A라고 적혀 있다.

그건 세이퍼와 비슷한 건가요, 아니면 소파와 더 비슷한가요? 그녀가 말한다.

SA4A 남자가 전화기에 뭔가를 쓰기 시작한다.

세 번째 경고입니다. 그가 말한다. 즉시 이곳을 떠나지 않는다면 당신에 대해 조치를 취할 거라는 마지막 경고를 듣고 계신 겁니다. 이건 불법 침입 행위에요.

합법 침입의 반대로요? 그녀가 말한다.

……그럼에도 다음번에 제가 여기를 지나갈 때 주

변 어딘가에 계시면…….

무엇의 주변인데요? 그녀가 말한다.

그리고 울타리로 가로막힌 풍경을 바라본다. 그저 풍경이다. 사람들은 없다. 건물도 없다. 그저 울타리와 풍경뿐이다.

……법적 책임을 물을 수 있습니다. 남자가 계속 말한다. 그리고 당신을 강제 구금할 수 있으며 당신의 유전자 표본을 추출하고 보존할 수도 있습니다.

나무들의 감옥, 가시금작화와 파리와 배추흰나비와 파란 나비의 감옥, 검은머리물떼새의 구치소.

대체 담장은 왜 세운 거래요? 그녀가 말한다. 혹시 기밀 사항인가요?

남자가 눈을 가늘게 뜨고 그녀를 바라본다. 그가 전화기에 뭔가를 입력한 뒤 그녀의 사진을 찍으려고 전화기를 들어 올린다. 그녀가 정답게 미소를 짓는다. 사진 찍을 때 다들 그러듯. 그리고 돌아서서 울타리를 따라 다시 걷기 시작한다. 그가 누군가에게 전화를 걸어 무슨 말을 하더니 SUV에 타고 울타리 사이에서 후진하는 소리가 들린다. 차가 반대 방향으로 출발하는 소리가 들린다.

쐐기풀들은 아무 말이 없다. 풀 줄기 끝에 달린 씨앗들도 아무 말이 없다. 줄기 끝에 핀 작고 흰, 이름 모를 꽃들도 신선하게 아무 말이 없다.

미나리아재비는 명랑하게 아무 말이 없다. 묵묵한 초록색 가시에 부드럽게 맞닿은 밝은 노란색의 가시금작화 또한 뜻밖에 아무 말이 없다.

학창 시절에 열여섯 살의 엘리자베스를 필사적으로 웃기려 하던 남학생이 하나 있었다.(그는 필사적으로 그녀를 그저 하하 웃게 만들려 했다.) 괜찮은 아이였다. 그녀는 그 애를 좋아했다. 이름이 마크 조지프였고 1990년대 초의 옛 음악들을 혼란스러운 리메이크 비전으로 연주하던 밴드에서 베이스를 맡고 있었다. 그뿐 아니라 누구보다 뛰어난 컴퓨터 천재이기도 했다. 검색 엔진이 무언지 아는 사람이 거의 없고 새 천년이 밝으면 전 세계의 컴퓨터가 일제히 오작동할 것이라고 모두가 믿던 시절이었다. 마크 조지프는 그것에 대한 우스운 풍자물을 만들어 인터넷에 올렸다. 학교 근처의 동물병원 사진 아래에 "새 천 년 피그로부터 보호받고 싶다면 여기를 누르세요!"라는 글귀를 붙인 것이었다.

그런 그가 이제는 학교에서 그녀를 쫓아다니며 어떻게든 웃길 방법을 찾으려 골몰했다.

그가 학교 후문에서 그녀에게 키스했다. 꽤 좋았다.

넌 왜 날 사랑하지 않지? 삼 주 후에 그가 물었다.

나는 이미 사랑에 빠졌거든. 엘리자베스가 말했다. 두 사람 이상과 동시에 사랑에 빠지는 건 불가능하잖아.

대학에 간 열여덟 살의 엘리자베스는 마리엘 시미라는 여자아이와 마약에 취해 기숙사 방바닥에 누워 뒹굴며 코러스 가수들의 재미난 버릇들을 흉내 내며 깔깔대고 웃었다. 마리엘 시미는 그녀에게 백업 가수들이 의성어(onomatopoeia)라는 단어를 무려 여덟 번이나 반복해야 하는 옛날 노래를 틀어 주었고, 엘리자베스는 마리엘 시미에게 코러스 가수들이 양(sheep)이라는 단어를 발음해야 하는 클리프 리처드의 노래를 틀어 주었다. 눈물이 나올 만큼 함께 웃은 뒤 프랑스인이던 마리엘 시미가 엘리자베스를 끌어안고 입을 맞췄다. 그것도 좋았다.

왜지? 몇 달 후 그녀가 말했다. 이해가 안 돼. 모르겠어. 이렇게 좋은데.

거짓말을 할 수는 없어. 엘리자베스가 말했다. 섹스는 좋아. 너랑 함께 있는 것도 좋고. 아주 훌륭해. 하지만 진실해야 하잖아. 거짓말을 해선 안 되잖아.

누구야? 마리엘 시미가 말했다. 전 남자 친구? 아직도 얼쩡대는 거야? 아직도 만나느냐고? 아니면 여자야? 여자 맞아? 나랑 만나면서도 그녀 아니면 그를 계속 만나 온 거야?

그런 관계가 아냐. 엘리자베스가 말했다. 전혀 육체적이지 않아. 그래 본 적도 없어. 하지만 사랑인 건 맞아. 아닌 척할 순 없어.

넌 그걸 부정의 수단으로 이용하고 있어. 마리엘 시미가 말했다. 너의 진짜 감정을 느끼지 않아도 되게 그걸 개입시키고 있다고.

엘리자베스가 어깨를 으쓱했다.

충분히 느끼는데. 그녀가 말했다.

스물한 살의 엘리자베스는 졸업식에서 톰 맥팔레인

을 만났다. 그녀는 미술사학과를 졸업하는 터였고(아침) 그는 경영학과를 졸업하는 터였다.(오후) 톰과 엘리자베스는 육 년을 함께했다. 그가 그녀의 월세 아파트에 들어와 산 지는 오 년이 된 터였다. 그들은 이 관계를 영구화할까 고려하고 있었다. 결혼, 주택 융자 따위에 대해 이야기했다.

어느 날 아침 식탁에 아침거리를 내놓다가 톰이 불쑥 물었다.

대니얼이 누구야?

대니얼? 엘리자베스가 말했다.

대니얼. 톰이 다시 말했다.

글럭 씨 말하는 거야? 그녀가 말했다.

나야 모르지. 톰이 말했다. 글럭 씨는 누군데?

엄마 집의 이웃 사람이었어. 엘리자베스가 말했다. 내가 아이였을 때 옆집에 살았는데, 못 본 지 여러 해 됐어. 그야말로 여러 해. 한참 됐지. 근데 왜? 무슨 일이 있었어? 우리 엄마가 전화했어? 대니얼에게 무슨 일이 생겼대?

네가 자다가 그 이름을 불렀어. 톰이 말했다.

내가? 언제? 엘리자베스가 말했다.

어젯밤에. 처음이 아니야. 자다가 꽤 자주 그 이름을 불러. 톰이 말했다.

엘리자베스는 열네 살이었다. 그녀와 대니얼은 운하와 시골이 만나는 곳을 산책하고 있었다. 길이 차츰 사라지면서 산굽이의 숲으로 이어지는 곳이었다. 초가을일 뿐이었는데 갑자기 날이 몹시 쌀쌀해졌다. 비가 오려 했다. 산꼭대기에 다다르자 그것이 보였다. 마치 누군가가 연필로 하늘에 색깔을 그려 넣는 듯 비가 풍경을 가로질러 다가오고 있었다.

대니얼이 숨을 헐떡였다. 그가 이렇게까지 숨차하는 일은 드물었다.

전 여름이 가고 가을이 오는 때가 싫어요. 그녀가 말했다.

대니얼이 그녀의 양어깨를 잡고 돌려세웠다. 그는 아무 말도 하지 않았다. 하지만 그들 뒤의 풍경은 아직도 햇빛이 비치는 파란색과 초록색이었다.

그녀는 눈을 들어 아직 여름이 남아 있음을 보여 주는 그를 보았다.

아무도 대니얼처럼 말할 줄 몰랐다.
아무도 대니얼처럼 침묵할 줄 몰랐다.

겨울의 끝이었다. 2002년부터 2003년까지 이어지는 겨울. 엘리자베스는 열여덟 살이었고, 2월이었다. 그녀는 런던으로 가 시위에 참가했다. 별난 일이 아니었다. 온 나라의 사람들이 그랬고, 전 세계 수백만의 사람들 또한 그랬다.

다음 월요일에 그녀는 도시 곳곳을 돌아다녔다. 생활이 정상적으로 지속되는 거리를 걷자니 기분이 이상했다. 교통이 멈추었던, 진실과 관련된 무엇 때문에 포장도로 위에 있는 발부터 하늘까지가 200만에 이르는 사람들의 것처럼 보였던, 바로 전전날 그녀가 걸었던 거리를 차들과 사람들이 평소처럼 자유로이 돌아다니고 있었다.

그 월요일에 그녀는 채링크로스 거리의 미술품 가게에서 오래된 빨간색의 양장본 카탈로그를 발견했다. 단돈 3파운드였고, 할인가 도서 통에 들어 있었다.

몇 년 전 전시회에서 사용된 것이었다. 폴린 보티. 1960년대 팝 아트 화가.

폴린 누구?

영국의 여성 팝 아트 화가?

정말로?

대학에서 전공과목 중 하나로 미술사를 공부했으며 지도 교수와 논쟁 중이던 엘리자베스에게 이것은 흥미로운 사건이었다. 지도 교수는 그녀에게 영국의 여성 팝 아티스트는 전무하다고, 일말의 가치라도 있는 사람만 따지면 그렇다고, 그래서 영국 팝 아트 역사에 각주 이상으로 기록된 사람이 없는 것이라고 단언했더랬다.

이 화가는 콜라주와 그림, 스테인드글라스, 무대 장치를 만들었다. 그녀는 상당히 파란만장한 삶을 살았다. 화가였을 뿐 아니라 여배우로서 연극을 하고 텔레비전에서도 활동했으며 무명의 밥 딜런을 런던에 소개했고 라디오에 출연해 당시의 세상에서 젊은 여자로 산다는 것이 어떤 것인지 청취자들에게 들려주었고 결국 줄리 크리스티가 낙점된 영화 배역에 기용될 뻔한 일도 있었다.

그녀는 활기 넘치는 첨단의 도시 런던에서 촉망받다가 스물여덟 살에 암으로 죽었다. 임신을 해서 병원에 갔다가 암이 발견되었던 것이다. 낙태를 거부했기 때문에 방사선 치료를 받을 수 없었다. 아기에게 유해할 터였으므로. 그녀는 아기를 낳고 네 달 후에 죽었다.

카탈로그 뒤의 연표를 보면 악성 흉선종이라고 쓰여 있다.

슬픈 이야기였다. 카탈로그를 넘겨 보던 엘리자베스가 자기도 모르게 미소를 짓고 있었을 만큼 재치 있고 기쁨에 차고 뜻밖의 색과 병치로 가득한 그림과는 딴판이었다. 화가의 마지막 그림은 커다랗고 아름다운 여성의 엉덩이만 있는 것으로, 마치 그것이 극장 무대를 꽉 메운 듯 경쾌한 전면 아치로 테두리가 둘러져 있다. 그 아래에는 선홍색의 커다랗고 발칙해 보이는 대문자 글자가 쓰여 있다.

엉덩이(BUM).

엘리자베스는 웃음을 터뜨렸다.

근사하게 떠났군.

이 화가의 그림들은 엘비스, 메릴린, 정치인 등 당대인들의 이미지로 가득 차 있다. 희대의 스캔들을 일으킨 여자의 유명한 이미지를 담은, 이제 사라지고 없는 그림의 사진도 있다. 그녀가 디자이너 의자를 거꾸로 돌려 나체로 앉은 모습은 당시 정국과 관계있었다.

엘리자베스는 특정한 그림이 실린 페이지를 펼쳐 들었다.

1963년경 작품인 「무제(해바라기 여인)」였다.

밝은 파란색을 배경으로 한 여자 그림이었다.

그녀의 몸은 채색된 이미지들의 콜라주였다. 감상자에게 기관총을 겨눈 남자가 그녀의 가슴을, 공장이 그녀의 팔과 어깨를 이루었다.

해바라기가 그녀의 몸통을 메꾸었다.

폭발하는 비행선이 그녀의 가랑이를 채웠다.

부엉이.

산.

색색의 톱니 모양 선들.

카탈로그의 뒤표지에는 어느 콜라주의 흑백 복제본이 있었다. 큰 손이 작은 손을 잡고 작은 손이 큰 손을 맞잡고 있었다.

그 그림의 아래쪽에는 큰 배 두 척이 바다에 떠 있고 사람들로 가득한 작은 배도 한 척 있었다.

엘리자베스는 영국 국립 도서관에 가서 《보그》 1964년 9월호를 찾아 들고 앉았다. "특집 9 스포트라이트 92 공주의 귀감 파올라 110 살아 있는 인형: 넬 던의 폴린 보티 인터뷰 120 에드나 오브라이언의 『결혼한 여자들의 행복』." 선홍색 영 재거 룩어게인 코트, 고야 골든 걸 뷰티 퍼프와 방도 브라와 팬티형이어서 다시 자유를 느끼게 해 주는 팬티거들의 광고들과 나란히 있었다. "폴린 보티, 금발, 뛰어난 재능, 26세. 일 년 전에 결혼했다. 그녀의 성취를 무척이나 자랑스러워하는 남편은 그녀가 그림을 그리고 연기를 하며 돈을 많이 번다고 말한다. 여성 해방이 암호일 뿐 사실은 아닌(그녀는 아름다우니 똑똑할 리 없다.) 세상에 살고 있음을 그녀는 경험으로 배웠다.”

데이비드 베일리가 찍은 보티의 큼직한 클로즈업 사진이 지면을 채우고 있었다. 그녀의 얼굴 뒤로 거꾸로 들린 작은 인형의 얼굴이 보였다.

보티: 저는 환상적 이미지를 가진 것 같아요. 사람들을 행복하게 해 주기를 정말 좋아하는데, 그건 사실 이기적인 것이거든요. 사람들이 저를 보고 '정말 사랑스러운 여자로군.'이라고 생각할 테니까요. 하지만 그건 한편으로 사람들이 날 건드리지 않기를 원하는 것이기도 해요. 딱히 물리적인 의미는 아닌데, 그것도 맞아요. 저는 제가 뭐랄까, 떠다니다가 이따금 거기 있게 돼서 그들을 보는 거라고 생각하기를 좋아해요. 저는 누군가가 제게 부여한 역할을 연기하는 편이에요. 특히 처음 만났을 때는요. 클라이브와 결혼한 이유 중에는 그가 저를 하나의 인간으로, 정신을 가진 사람으로 받아들였다는 점도 있어요.

던: 남자들이 당신을 그저 예쁜 여자로만 생각한다는 뜻인가요?

보티: 그들은 우리가 입을 열면 당혹감을 느껴요. 남자들보다 지적으로 뛰어난 여자들이 아주 많거든요. 그런데 남자들은 그런 생각을 받아들이기 힘들어하죠.

던: 남자들이 여자가 의견을 말하면 잘난 체한다고 본다고요?

보티: 잘난 체한다고 본다기보다는 부적절한 일이라는 생각에 조금 당혹스러워하는 거예요.

엘리자베스는 잡지 기사를 복사했다. 그리고 폴린 보티의 전시회 카탈로그를 가져가 지도 교수의 책상에 올려놓았다.

아, 그래. 보티로군. 지도 교수가 말했다.

그가 고개를 가로저었다.

비극적인 이야기지. 그가 말했다.

그리고 이어서 말했다. 대충 무시해도 돼. 그림들의 수준이 낮거든. 그다지 좋지 않아. 줄리 크리스티 같았지. 대단한 미녀였어. 그녀에 대한 영화가 있어. 켄 러셀이 찍었고. 내 기억이 맞는다면 좀 괴짜로 나왔어. 중절모를 쓰고 셜리 템플 노래에 맞춰 팬터마임을 했어. 매혹적이고 뭐, 다 좋은데 꽤 한심했지.

그 영화를 어디서 찾을 수 있을까요? 엘리자베스가 말했다.

그건 모르겠는데. 지도 교수가 말했다. 정말 아름다웠어. 하지만 화가로서는 사소한 흥밋거리 이상이 못 돼. 작품에서 주목할 만한 것은 모조리 워홀과 블레이크에게서 훔친 거였으니까.

이미지를 이미지로 사용한 건요? 엘리자베스가 말했다.

말도 마. 그때는 모든 사람에 그의 개까지 다 그랬어. 지도 교수가 말했다.

모든 사람에 그녀의 개까지 아니고요? 엘리자베스가 말했다.

뭐? 지도 교수가 말했다.

이건 어때요? 엘리자베스가 말했다.

그녀가 카탈로그를 펼쳐 그림 두 점이 나란히 인쇄된 페이지를 보여 준다.

하나는 고대와 현대 남성들의 이미지들 그림이었다. 위쪽으로는 미국 공군기가 떠 있는 푸른 하늘이, 아래쪽에는 레닌과 아인슈타인의 흑백 사진 사이에 댈러스에서 자동차를 타고 가다 총격을 당한 케네디의 모습이 색이 번진 이미지로 묘사돼 있었다. 죽어 가는 대통령의 머리 위에는 투우사와 진홍색 장미와 정장을 차려입고 웃는 남자들과 비틀스의 두 멤버가 나열돼 있었다.

다른 그림은 파란색과 초록색의 영국 풍경 위에 육체의 이미지 조각들이 겹쳐져 팔라디오풍의 구조를 형성하고 있었다. 포르노 잡지에 나오는 관능적이고 요염한 반라의 여자들의 이미지들이 겹쳐진 조각들에 들어 있었다. 하지만 그 수줍어하는 포즈들 한가운데에는 순수하고 순결하고 노골적인 것이 있었다. 그것은 여자의 전면 나신으로 머리와 무릎에서 잘려 있었다.

지도 교수가 고개를 흔들었다.

새로운 게 하나도 없어. 그가 말했다.

그리고 헛기침을 했다.

팝 아트 전반에 매우 성적인 이미지들이 차고 넘치지. 그가 말했다.

제목들은 어때요? 엘리자베스가 말했다.

(그림들의 제목은 「세상은 남자의 것 1」과 「세상은 남자

의 것 2」였다.)

지도 교수의 얼굴이 붉어져 있었다.

당시 여성의 작품 중에 이런 게 있나요, 있었나요? 엘리자베스가 말했다.

지도 교수가 카탈로그를 덮어 버렸다. 그리고 다시 헛기침을 했다.

여기서 성별이 중요하다고 가정해야 할 이유가 뭐지? 지도 교수가 말했다.

사실은 저도 그걸 여쭙고 싶었어요. 엘리자베스가 말했다. 그리고 오늘 이렇게 찾아뵌 건 제 논문 제목을 바꾸고 싶기 때문이에요. 저는 폴린 보티의 작품에 나타난 재현의 재현을 연구하고 싶어요.

그건 안 돼. 지도 교수가 말했다.

왜 안 되죠? 엘리자베스가 말했다.

폴린 보티에 대한 가용 자료가 턱없이 부족하니까. 지도 교수가 말했다.

전 충분하다고 생각하는데요. 엘리자베스가 말했다.

비평 자료가 거의 전무해. 그가 말했다.

바로 그 때문에라도 좋은 시도라고 생각해요. 엘리

자베스가 말했다.

자네의 논문 감독관으로서 말하겠네. 지도 교수가 말했다. 자료도 부족하고 좋은 시도도 못 돼. 지금 자네는 별 볼 일 없는 막다른 골목으로 치달으려는 참이야. 내 말 알아듣겠어?

그렇다면 감독관 변경 신청을 하겠어요. 엘리자베스가 말했다. 교수님을 통해 할까요, 아니면 행정과로 갈까요?

그로부터 일 년 후 엘리자베스는 부활절 휴일을 맞아 집에 갔다. 그녀의 어머니는 그 무렵 해안 쪽으로 이사를 가면 어떨까 생각하고 있었다. 엘리자베스는 몇 가지 가능한 선택지에 대해 듣고 노퍽과 서퍽의 부동산 중개업자들이 어머니에게 보내온 매물의 개요들을 살펴보았다.

집들에 대한 이야기를 충분히 하고 나서 엘리자베스는 대니얼에 관해 물었다.

당최 도우미를 쓸 생각을 안 해. 그녀의 어머니가 말했다. 식사 제공 서비스도 마다하고. 차 한 잔이라도 만들어 주고 목욕이며 침구 세탁 같은 걸 도와줄 사람도

들이지 않는 거야. 집 안에 악취가 심한 편인데도 누군가가 들어가 도와주려고 하면 그냥 자리에 앉혀 놓고 손수 차를 만들어 내와. 도와주려고 들어간 사람은 그런 일에 손도 못 대게 해. 적어야 아흔 살이잖니. 혼자 힘으론 안 돼. 지난번에 내게 만들어 준 차에는 죽은 딱정벌레가 들어 있었어.

지금 가서 만나고 올게요. 엘리자베스가 말했다.

아, 안녕. 대니얼이 말했다. 자, 들어오렴. 뭘 읽고 있니?

엘리자베스는 그가 차를 만들어 올 때까지 기다렸다. 그리고 런던에서 발견한 전시회 카탈로그를 가방에서 꺼내 탁자에 올려놓았다.

제가 어릴 때요, 글럭 씨, 기억하실지 모르지만 함께 산책을 나갔을 때 그림들에 대해 말씀해 주셨어요. 그런데 그것들 가운데 몇 개를 드디어 보게 된 것 같아요. 그녀가 말했다.

대니얼이 안경을 썼다. 그리고 카탈로그를 펼쳤다. 그의 얼굴이 붉어졌다가 창백해졌다.

아, 그래. 그가 말했다.

그가 카탈로그를 뒤적였다. 그의 얼굴이 밝아졌다. 그가 고개를 끄덕였다. 그러고는 고개를 저었다.

멋지지 않니? 그가 말했다.

정말 탁월한 것 같아요. 엘리자베스가 말했다. 정말로 뛰어나요. 그뿐 아니라 주제나 기술 면에서도 흥미롭고요.

대니얼이 그림 하나를 그녀에게 보여 줬다. 파란색과 빨간색의 추상화, 검은색과 금색과 분홍색의 동그라미와 곡선들.

이건 아주 생생히 기억난다. 그가 말했다.

저는 말이에요, 글럭 씨. 엘리자베스가 말했다. 우리가 나눈 대화에다 아저씨가 그것들을, 그 그림들을 그렇게 잘 아시는 것도 그렇고, 그러니까 수십 년 동안 사라져 있었잖아요, 사실 이제 막 재발견된 거고요. 제가 알기로는 그녀와 개인적 친분이 있었던 사람들 말고 미술계의 어느 누구도 모르고요. 칠팔 년 전에 전시회가 열렸던 미술관에 가서 그녀에 대해 물어봤어요. 보티와 조금 알고 지내던 누군가와 아는 여자를 만났는데, 그녀가 안다는 여자는 거의 사십 년이 지난 지금까지 때때로, 친구가 떠오를 때마다 눈물바람을 한다더군요. 그래서 생각했어요. 문득 떠올랐지요. 어쩌면 아저씨도 보티를 알았던 게 아닐까…….

자, 자. 그가 말했다. 이걸 좀 봐라.

그는 아직도 「거슈윈(Gershwin)」이라는 파란색 추상화를 보고 있었다.

제목이 이런 건 줄 여태 몰랐네. 그가 말했다.

아저씨가 그녀의 사진들을 바라볼 때도 그래요. 엘리자베스가 말했다. 그녀는 정말 놀랄 만큼 아름다웠어요. 그리고 그녀에게 일어난 일은 너무 슬프고, 그녀 자신의 비극적 죽음 후에 그녀의 남편과 딸에게 일어난 일들도요. 비극에 비극이 이어졌죠. 참을 수 없이 슬픈 일들이…….

대니얼은 한 손을 펴 들더니 이어서 다른 손까지 펴 들어 그녀의 말을 중단시켰다.

조용히 하렴.

그는 그들 사이에 있는 탁자에 놓인 카탈로그로 돌아갔다. 그러더니 한쪽에는 화염으로 이루어진 여자의 그림이, 반대쪽에는 선명한 노란색과 분홍색, 파란색, 하얀색의 추상화가 실린 페이지를 펼쳤다.

이걸 봐라. 그가 말했다.

그리고 고개를 끄덕였다.

정말 대단하구나. 그가 말했다.

그는 한 장 한 장 끝까지 넘겨 보았다. 그리고 카탈로그를 덮어 탁자 위에 내려놓았다. 그가 고개를 들어 엘리자베스를 보았다.

내게는 나를 사랑할지 모른다고 기대하고 사랑해 주기를 바란 남자들, 여자들이 무척 많았다. 하지만 나는, 정작 나 스스로는 그런 식의 사랑을 딱 한 번 했지. 그런데 내가 사랑에 빠진 건 사람이 아니었어. 아니었지, 절대 사람이 아니었어.

그가 카탈로그의 표지를 손가락으로 두드렸다.

누군가가 아니라 그들의 눈과 사랑에 빠질 수도 있단다. 그가 말했다. 그러니까 우리 것이 아닌 눈이 우리가 어디 있고 누구인지를 볼 수 있게 해 주는 방식과.

엘리자베스는 이해한다는 듯 고개를 끄덕였다.

사람이 아니라고.

그래요, 그리고 그녀가 말하기를 1960년대의 시대

정신은…….

대니얼이 손을 들어 다시 그녀의 말을 중단시켰다.

그러니까 우리는 말이야, 우리를 사랑하고 우리를 조금 아는 이들이 우리를 제대로 보았기를 바라야 해. 다른 건 결국 별로 중요치 않아. 대니얼이 말했다.

냉기가 온몸을 타고 흘러 그녀는 정신이 번쩍 들었다. 유리창 청소원이 비눗물 범벅이 된 유리에 고무 날을 대고 위부터 닦아 내리는 것과 유사한 명료함이 머리를 쳤다.

그가 고개를 끄덕였다. 엘리자베스에게라기보다는 실내를 향해.

그게 기억의 유일한 책임이지. 그가 말했다. 하지만 기억과 책임은 물론 서로에게 낯선 존재야. 서로 생소한 존재. 기억은 항상 별로 개의치 않고 제 갈 길을 가니까.

그 말을 듣고 있는 듯 보였겠지만 엘리자베스의 머릿속에서는 피가 쉭쉭 소리를 내고 맴돌며 다른 모든 것을 압도했다.

사람이 아니라고.

대니얼은 그러지 않고…….

대니얼은 그런 적이 없고…….

대니얼은 알고 지낸 적이 없고…….

그녀는 차를 마셨다. 그리고 양해를 구하고는 자리를 떴다. 카탈로그는 탁자에 놔두었다.

그가 절름거리며 그녀를 따라 나와 문의 걸쇠를 푸는 그녀에게 카탈로그를 돌려주려 했다.

아저씨 보시라고 일부러 둔 거예요. 그녀가 말했다. 좋아하실 것 같았어요. 제겐 필요 없을 거예요. 이미 논문을 넘겼거든요.

그가 늙은 머리를 가로저었다.

네가 가져. 그가 말했다.

그녀는 뒤에서 문이 잠기는 소리를 들었다.

어느 해의 어느 계절의 어느 주의 어느 날이었다. 어쩌면 1949년이었거나 1950년이나 1951년이었을지도 모른다. 어쨌든 그 무렵이었다.

십 년여 후면 1960년대의 계급과 성 풍속 변화에 자의 반 타의 반으로 영향을 미치는 인물 중 하나로 유명해질 크리스틴 킬러, 어린 소녀인 그녀가 강가를 따라가며 소년들과 놀고 있었다.

그들은 쇠붙이 하나를 발견했다. 한쪽 끝은 둥글고 반대쪽은 뾰족했을 것이다.

조그만 폭탄은 그들의 상체만 했을 것이다. 그것이 폭탄임을 아이들은 알았다. 그래서 그것을 한 소년의 아버지에게 가져가 보여 주기로 했다. 육군에 복무했다니 어떻게 해야 할지 알 터였다.

땅속에 묻혀 있던 것이라 지저분했고 그래서 아이들은 아마도 젖은 풀잎과 스웨터 소매 따위로 닦은 다음에 순번을 정해 동네까지 들고 갔다. 도중에 두어 번 떨어뜨렸는데 그때마다 폭발할까 두려워 미친 듯이 달아나곤 했다.

소년의 집에 도착했다. 소년의 아버지는 동네 아이들이 대체 무슨 일로 집 앞까지 몰려왔는지 보러 나왔다.

오, 맙소사.

영국 공군이 왔다. 그들은 그 거리의 집들과 인근 거리들의 집들을 모두 비우게 했다.

이튿날 지역 신문에 그 아이들의 이름이 났다.

그녀가 자신의 삶에 대해 쓴 책들 가운데 하나에 나오는 이야기다. 이런 이야기도 있었다. 열 살도 되기 전에 크리스틴 킬러는 한동안 수녀원에 가서 살아야 했다. 수녀들이 그곳의 어린 소녀들에게 들려주는 옛날이야기가운데 래스터스라는 꼬마 이야기가 있었다.

래스터스는 어린 백인 소녀를 사랑한다. 그런데 어린 백인 소녀가 병에 걸리고 죽을 것 같다. 소녀의 집 앞에 있는 나무의 나뭇잎이 다 떨어지면 소녀가 죽을 것이라고 누군가가 래스터스에게 말해 준다. 그래서 래스터스는 신발 끈을 최대한 찾아 모으고 자신의 모직 스웨터까지 풀어 실을 조각조각 자른다. 자른 실이 아주 많이 필요할 것이다. 그는 소녀의 집 앞에 있는 나무에 올라가 나뭇잎들을 가지들에 묶는다.

그러나 어느 밤 아주 거센 바람이 불어 나뭇잎들이 다 떨어진다.

(래스터스는 크리스틴 킬러가 태어나기 사십 년 전, 수녀원에 맡겨진 소녀들에게 이 이야기를 들려줬다는 수녀들이 아마도 자라고 있거나 청소년이었을 무렵 백인들이 흑인 분장을 하고 나와 하는 공연에서 인기를 끈 이름으로, 초창기 영화와 세기 말 소설, 기타 다양한 매체에서 등장인물의 이름, 그러니까 흑인에 대한 인종 차별주의적 약칭으로 사용되었다.

미국에서는 20세기 초에서 1920년대 중반까지 래스터스라는 흑인 인물이 크림 오브 휘트 시리얼 광고에 쓰였다. 그는 사진들마다 요리사 모자와 옷 차림으로 나왔는데 그중 한 삽화에는 흰 턱수염을 기르고 지팡이를 든 흑인 노인이 길을 가다 멈춰 서서 "여러분의 아침 식사를 위한 크림 오브 휘트"라고 쓰인 광고 포스터에 있는 래스터스의 사진을 보고 있고 그 아래 "시상에서 젤루다 유명헌 사람인갑네."라는 글귀가 있다.

1920년대 중반 크림 오브 휘트는 래스터스라는 이름을 프랭크 L 화이트로 바꿨다. 하지만 포스터와 광고의 삽화는 거의 그대로 썼다. 프랭크 L 화이트는 실존 인물이었고 시카고에서 요리사로 일하던 1900년경 찍은 그의 얼굴 사진이 크림 오브 휘트의 표준 광고 이미지로 굳어졌다. 화이트가 이미지 사용료를 받았는지 여부는 기록되지 않았다.

그는 1938년에 죽었다.

그의 무덤에 묘비가 세워지기까지는 칠십 년이 걸렸다.

이제 크리스틴 킬러의 이야기로 돌아간다.)

그녀가 직접 쓰거나 대필 작가가 쓴 두어 권의 책에는 또 다른 이야기가 있다.

그녀의 어린 시절 가운데 다른 시기에 일어난 일이다. 어느 날 들쥐를 발견한 그녀는 그 들쥐를 반려동물로 기르려고 집에 데려갔다.

그녀가 아버지라고 부른 남자가 들쥐를 죽였다. 그는 들쥐를 발로 밟아 죽였는데 아마도 그녀가 보는 앞에서 그랬을 것이다.

여느 때와 다름없이 대니얼은 자고 있다.

이곳 사람들에게 그는 아마도 그들이 성실하게 청결을 유지하는 침대에 누운 하나의 형체에 지나지 않을 것이다. 아직 수분 공급을 계속하고 있으나 수분 공급을 중단할지에 관해 곧 그녀의 어머니와 논의할 예정이라고 그들이 그녀에게 귀띔해 줬다.

저는, 제 어머니와 저는 둘 다, 특히 어머니는 수분 공급을 계속해 주시기를 원해요. 그들이 묻자 엘리자베스가 말했다.

몰팅스 요양원 측에서는 그녀의 어머니와 반드시 상의하고 싶어 한다고 그녀가 도착했을 때 접수원이 말한다.

말씀드릴게요. 엘리자베스가 말한다. 어머니가 연락드릴 거예요.

몰팅스 요양원에서 글럭 씨가 받는 입원 보호 서비스에 대한 지불 현황이 조만간 채무 불이행 상태에 들어가리라는 우려를 최대한 완곡하게 전달코자 한다고 접수원이 덧붙인다.

아주아주 빠른 시일 내에 그 문제에 관해 반드시 연락드릴게요. 엘리자베스가 말한다.

접수원은 아이패드로 돌아가 보다 만 범죄 드라마를 다시 본다. 경찰관으로 변장한 여자가 젊은 남자가 운전하는 차에 치인다. 남자가 여자를 치어 길바닥에 넘어뜨리고 차로 다시 받는다. 그리고 다시 받는다.

엘리자베스는 대니얼의 병실로 가서 침대 옆에 앉는다.

수분 공급은 아직 틀림없이 계속되고 있다.

그의 한 손이 이불 밖으로 나와 입에 가 있다. 그 손

등에는 수분 공급용 주삿바늘이 꽂혀 있고 손 옆쪽에 주사 관이 테이프로 고정돼 있다.(테이프와 바늘을 보는 순간 엘리자베스의 가슴속에서 가늘고 팽팽한 줄이 끊어진다.) 대니얼은 아직 깊이 잠든 채로 윗입술을, 빵부스러기나 크루아상 조각을 떼 내듯 가볍게 쓸듯이 만진다. 아직 입이 있는지 또는 손가락에 아직 감각이 남아 있는지 보려고 가장 드러나지 않는 방식으로 만져 보는 것 같다. 그러고는 손이 이불 속으로 다시 사라진다.

엘리자베스는 대니얼의 침대 발치에 걸린 차트를 훔쳐본다. 체온과 혈압 등의 수치가 그래프로 표시되어 있다.

차트 첫 페이지에 대니얼의 나이가 101세라고 적혀 있다.

엘리자베스가 혼자 소리 내 웃는다.

(그녀의 어머니: 글럭 씨, 연세가 어떻게 되세요?

대니얼: 디맨드 부인, 제가 작정한 만큼 나이를 먹으려면 한참 멀었답니다.)

오늘 그는 로마의 원로원 의원처럼 보인다. 잠든 머리는 고귀하고 눈은 조각처럼 퀭하게 감겨 있고 눈썹은

서리처럼 희고 성기다.

잠든 누군가를 바라본다는 건 특혜야. 엘리자베스가 혼잣말을 한다. 여기 있으면서도 여기 없는 누군가를 목격할 수 있다는 건 특혜야. 누군가의 부재에 연루된다는 것, 그건 영광스러운 일이고 고요가, 존중이 요구돼.

아냐. 그건 끔찍해.

지긋지긋하게 끔찍해.

그의 눈의, 말 그대로 반대쪽에 있다는 건 끔찍한 일이라고.

글럭 씨. 그녀가 말한다.

그녀는 조용하게, 비밀을 털어놓듯 그의 왼쪽 귀에 대고 말한다.

두 가지를 말할게요. 저 사람들이 내라는 돈, 그걸 어떻게 해야 할지 모르겠어요. 아저씨 생각은 어떠신지 알고 싶어요. 그리고 다른 하나, 수분 공급에 대해서도 묻네요. 수분 공급 계속 받고 싶으세요?

떠나셔야 해요?

남고 싶으세요?

엘리자베스는 말을 멈춘다. 그녀가 잠든 대니얼의

머리에서 멀어져 다시 자리에 앉는다.

대니얼이 숨을 들이쉰다. 그리고 숨을 내쉰다. 그러더니 오랫동안 호흡이 없다. 그러다 다시 시작된다.

간병인이 들어온다. 그녀가 청소 도구로 침대의 가로 널과 창틀을 닦는다.

참 멋진 신사세요. 그녀가 등 뒤의 엘리자베스에게 말한다.

그리고 돌아선다.

기나긴 일생 동안 뭘 하셨대요? 그러니까 전쟁 후에 말이에요?

엘리자베스는 자신이 아무것도 모른다는 것을 깨닫는다.

작곡을 하셨어요. 그녀가 말한다. 그리고 유년기의 저를 많이 도와주셨죠. 어릴 때요.

우리는 다들 무척 놀랐어요. 간병인이 말한다. 전쟁이 나고 억류됐을 때 이야기를 해 주셨거든요. 본인은 사실 영국인이었지만 독일인인 늙은 아버지와 함께 들어가셨다는 거예요, 충분히 빠질 수도 있었는데요. 여동생을 데려오려고 했는데 거절당했다고도 했어요.

들숨.

날숨.

긴 휴지.

그런 얘기를 하셨어요? 엘리자베스가 말한다.

간병인이 콧노래를 부른다. 그녀가 문손잡이를 닦고 문 모서리들도 닦는다. 그녀가 끝에 흰 직사각형 솜이 달린 흰 플라스틱 봉을 들어 문의 꼭대기를 닦고 전등갓 주변을 닦는다.

우리한테는 그런 얘기를 한 번도 안 하셨거든요. 엘리자베스가 말한다.

가족이니까요. 간병인이 말한다. 모르는 사람에게는 말하기가 더 쉽죠. 혼수상태에 빠지기 전에는 저하고 많은 얘기를 나누셨어요. 한번은 아주 멋진 말씀을 하시더라고요. 못된 자들이 집권하면이라고 하셨어요. 투표일이 다가오던 때라 그 이야기를 하던 참이었어요. 그 후로 그 말씀을 많이 생각해 봤어요. 그러면 국민들을 착취한다고 그러시더군요. 지혜로운 분이세요, 아가씨 할아버지는요. 똑똑한 분이세요.

간병인이 그녀를 향해 미소 지었다.

이렇게 찾아와서 책도 읽어 드리고, 참 아름다운 일이에요. 사려 깊은 일이죠.

간병인이 조그만 카트를 밀고 나갔다. 엘리자베스는 그녀의 넓은 등과, 작업복이 등과 겨드랑이께에서 팽팽히 늘어나는 것을 지켜보았다.

나는 아무것도, 누구에 대해서도 제대로 모르나 봐.

어쩌면 모두가 그럴지도.

들숨.

날숨.

긴 휴지.

그녀가 눈을 감는다. 어둡다.

그녀가 다시 눈을 뜬다.

그리고 책을 아무 데나 펼친다. 펼쳐진 곳부터 읽기 시작한다. 이번에는 대니얼에게 소리 내어 읽어 준다. "그의 자매들인 물의 님프들이 그의 죽음을 슬퍼하고 형제를 추모하며 스스로 머리칼을 잘랐다. 숲의 님프들도 그의 죽음을 슬퍼했고 에코는 그들의 통곡에 맞춰 노래했다.

장작과 불과 들것이 준비되고 있었으나 그의 시체

를 찾을 수 없었다. 그들은 시체 대신 가운데는 노랗고 그 둘레는 하얀 꽃을 한 송이 발견했다."*

---

* 오비디우스, 『변신 이야기』.

그건 제가 열세 살 때예요. 그녀의 어머니가 말했다. 바다로 휴가를 갔을 때고요. 해마다 갔어요. 저게 우리 어머니, 이건 우리 아버지예요.

옆집에 사는 사람이 그들의 거실에 와 있었다.

엘리자베스가 그에게 언니가 있다고 이야기한 직후였다. 그녀는 이웃 사람이 비밀을 누설하고 어머니에게 다른 딸아이는 어디 있느냐고 물을까 봐 걱정됐다.

아직까지는 그런 말을 하지 않았다.

그는 거실 벽에 걸린 어머니의 가족사진을 보고 있

었다.

아, 이건 완전히 환상적이네요. 그가 말했다.

그녀의 어머니가 커피를, 그냥 내온 것이 아니라 가장 좋은 잔에 내왔다.

죄송합니다, 디맨드 부인. 이웃 사람이 말했다. 사진들도 정말 아름답습니다. 하지만 저 양철 간판들은, 그야말로 진품이에요.

저 뭐라고요, 글럭 씨? 그녀의 어머니가 말했다.

그리고 커피 잔들을 탁자에 내려놓고 보러 갔다.

대니얼이라고 불러 주십시오. 이웃 사람이 말했다.

그가 사진을 가리켰다.

아. 그녀의 어머니가 말했다. 저거요. 네.

옛날 사진 하나에 어린아이인 그녀의 어머니 뒤로 아이스캔디 광고판들이 있었다. 그들은 바로 그것에 관해 이야기하는 것이었다.

6펜스였죠. 그녀의 어머니가 말했다. 제가 아직 아주 어릴 때 십진법이 도입됐어요. 하지만 그 무거운 동전들이 아직도 기억나요. 반 크라운들요.

그녀는 조금 크다 싶은 소리로 말하고 있었다. 이웃

사람 대니얼은 그것을 의식하지도 개의치도 않는 듯 보였다.

밝은 분홍색 위에 있는 저 쐐기 모양의 어두운 분홍색을 보세요. 대니얼이 말했다. 저기 파란색도 음영이 짙어지며 색깔이 바뀌어요.

맞아요. 그녀의 어머니가 말했다. 와, 멋져요.

대니얼이 고양이 옆에 앉았다.

얘 이름이 뭐니? 그가 엘리자베스에게 말했다.

바브라예요. 엘리자베스가 말했다. 가수 이름을 땄어요.

저 아이의 엄마가 좋아하는 가수죠. 그녀의 어머니가 말했다.

대니얼이 엘리자베스에게 한쪽 눈을 찡긋하고 마치 비밀이라는 듯, 이제 CD 꽂이에 가 CD들을 뒤지고 있는 그녀의 어머니가 못 듣고 몰랐으면 좋겠다는 듯 그녀에게 나지막이 말했다.

믿거나 말거나 내가 작사한 노래를 콘서트에서 부른 적이 있는 가수야. 보수가 꽤 좋았어. 하지만 곡을 녹음하진 않았지. 녹음되어 팔렸다면 나는 억만장자가 됐을 텐데 말이야. 시간 여행을 떠날 수 있을 만한 부자가.

노래 잘 부르세요? 엘리자베스가 말했다.

전혀 못 불러. 대니얼이 말했다.

시간 여행을 정말 떠나고 싶긴 하세요? 그녀가 말했다. 그러니까 여건이 된다면, 그리고 시간 여행이란 게 진짜라면 말이에요.

정말 그러고 싶단다. 대니얼이 말했다.

왜요? 엘리자베스가 말했다.

시간 여행은 진짜가 맞아. 대니얼이 말했다. 우리가 늘 하고 있고. 순간에서 순간으로, 찰나에서 찰나로.

그가 엘리자베스를 향해 눈을 휘둥그레 떠 보였다. 그리고 주머니에 손을 넣어 20펜스짜리 동전을 하나 꺼내더니 고양이 바브라 앞에 쳐들었다. 이어서 다른 손으로 무언가를 하는가 싶더니 동전이 사라져 버렸다! 그가 동전을 사라지게 만들었다!

사랑은 안락한 의자라는 내용의 곡이 방을 채웠다. 고양이 바브라는 아직 대니얼의 빈손을 믿을 수 없다는 듯 바라보고 있었다. 바브라가 두 앞발을 동시에 내밀어 대니얼의 손을 잡더니 코를 박고 사라진 동전을 찾으려

했다. 고양이의 얼굴이 경이로 가득했다.

우리의 동물적 본성에 이렇게 깊이 뿌리박혀 있잖니. 대니얼이 말했다. 눈앞에서 일어나는 일을 보지 않는 것 말이야.

10월은 눈 깜짝할 사이에 지나간다. 나무에 간당간당 매달려 있던 사과들이 금세 사라지고 나뭇잎들은 누레지나 싶다가 드문드문해진다. 서리가 내려 온 나라의 수백만의 나무들이 새하얘졌다. 상록수가 아닌 나무들에는 아름다움과 너저분함이 뒤섞여 있다. 빨간색, 주황색, 금색의 잎들이 갈색이 되었다 떨어진다.

뜻밖에 날이 푸근하다. 사실 여름과 별반 다르게 느껴지지 않는다. 다른 것이라면 약간 서늘한 기운, 살금살금 다가오는 어둠과 습기, 조용히 스스로를 접기 시작하는 식물들, 사물들 틈에 쳐진 거미줄 위의 이슬방울들이 전부다.

따뜻한 낮에는 무언가가 잘못되었다는 느낌이 든다. 나뭇잎이 이렇게 많이 떨어지다니.

하지만 밤에는 서늘하거나 춥다.

헛간과 집 안의 거미들은 지붕 귀퉁이에서 알주머니를 지킨다.

내년에 깨어날 나비의 알들은 들판의 죽은 듯 보이는 풀잎 아래, 볼품없는 덤불과 가지들 위에 줄줄이 감춰져 있다.

3

아직도 한창 일어나고 있을 만큼 새로운, 어디서 또는 어떻게 끝날지 모르면서 지금도 스스로 써 나가고 있는 옛이야기가 있다. 한 노인이 요양원 침대에 등을 대고 베개에 머리를 떠받친 채 잠들어 있다. 그의 심장은 뛰고 피도 몸속을 돌고 있다. 그는 숨을 들이쉬었다 내쉬고 잠들었다 깨어나지만 시냇물에 떠 있는 찢어진 나뭇잎 조각에 지나지 않는다. 초록색의 잎맥과 나뭇잎의 요소들, 수분과 순환. 대니얼 글럭은 마침내 제정신을 잃고 나뭇잎이 된다. 혀가 넓은 초록색 잎이 되고 눈구멍에서 나뭇잎들이 솟아 나오고 귓구멍에서 나뭇잎들이 바스락거리며 밀려 나오고(아주 좋은 말이다.) 콧구멍에서 덩굴에 달린 나뭇잎들이 뻗어 내리면서 그는 무성한 잎에 온통 파묻히고 나뭇잎 자체가 되어 휴식한다.

그리고 지금 그는 여동생 옆에 앉아 있다!

그런데 지금은 여동생의 이름이 떠오르지 않는다. 이것은 놀라운 일이다. 그가 평생 소중히 간직해 온 이름이기 때문이다. 괜찮다. 여기 그의 곁에 그녀가 있다. 그가 고개를 돌리면 그녀가 있다. 그녀를 볼 수 있다니 말할 수 없이 멋진 일이다. 그녀는 화가 옆에 앉아 있다. 여러 차례 그를 거절한 화가이다. 뭐, 사는 게 그런 거지. 그는 화가의 향수 냄새까지 맡을 수 있다. 처음 만났을 때는 밝고 달콤하고 나무 냄새가 나는 오! 드 런던이었고 나이가 들어 좀 더 진지해지고 나서는 리브 고슈였는데, 그 냄새까지 맡을 수 있다.

그의 여동생과 화가 둘 다 그를 못 본 체한다. 새삼스러울 것도 없다. 그들은 그가 모르는 남자와 대화를 나누고 있다. 젊고 머리가 길고 성실해 뵈고 옛날 옷이거나 극장 무대 밑에 쌓아 둔 낡은 무대 의상들에서 집어 든 것 같은 옷을 입고 있다. 그가 헐렁한 소맷부리를 가다듬는다. 그리고 "봄의 서늘한 초록색보다" 그루터기만 남은 들판이 좋다고 말한다. 여동생과 화가가 맞장구를 치는데 대니얼은 약간 질투가 난다. "그루터기만 남은 들판은 따뜻해 보여요." 청년이 화가를 보며 말한다. "따뜻해 보이는 그림들하고 똑같죠." 화가가 고개를 끄덕인다. "내게 눈이 없다면 나도 없는 거예요." 그녀가 밝고 빛나는 목소리로 말한다.

그는 여동생의 주의를 끌어 보려 한다.

그녀의 팔꿈치를 슬쩍 찌른다.

그녀가 그를 무시한다.

하지만 여동생에게 하고 싶었던 말이 있다. 지난 육십 년 동안 하고 싶었던 말. 처음 생각한 이래 다시 생각날 때마다, 또다시 생각날 때마다 하고 싶었던 그 말은 그녀가 삼십 초만이라도 살아 있으면 좋겠다는 것이었다. 그의 동생이 그 말을 얼마나 흥미로워할까.(그는 자신이 그런 생각을 했다는 점에 그녀가 감명받으면 좋겠다 싶기도 했다.) 칸딘스키하고. 파울 클레도 틀림없이 그래요. 그가 말한다. 그들은 처음으로 그것에 대한 그림들을 그리고 있어요. 완전히 새로운 종류의 풍경화죠. 눈 안쪽에서 본 경관을 정확히 편두통이 시작되는 순간에 그리는 거죠!

그의 여동생은 편두통을 자주 앓는다.

세상에, 곡선과 선을 따라 고동치는 밝은 노란색과 분홍색과 검은색 삼각형들을 봐요.

그의 여동생이 한숨을 쉰다.

이제 그는 그녀의 방 창틀에 앉아 있다. 그녀는 열두 살이다. 그는 열일곱 살로, 그녀보다 나이가 훨씬 많다. 그런데 왜 그에게는 자신이 한결 어리게 느껴질까? 그의 여동생은 똑똑하다. 그녀는 책상 앞에 앉아 책에 빠져 있다. 책상에는 물론이고 방바닥과 침대에도 반쯤 펼쳐진 책들이 널려 있다. 그녀는 독서를 좋아하고 늘 책을 읽는다. 여러 권을 한꺼번에 읽기를 즐기는데 그렇게 하면 폭넓은 시각과 균형감을 얻는다고 말한다. 둘은 여름 내내 다퉜다. 그와 그의 아버지는 내일이면 영국으로, 학교로 돌아간다. 그곳에서도 그는 별로 소속감을 느끼지 못한다. 그는 다정하게 굴어 보려 한다. 그녀는 그를 무시한다. 그가 더 다정하게 굴수록 그녀는 그를 더 경멸

한다. 이렇게 그녀에게 경멸당하는 것은 전에 없던 일이다. 작년까지만 해도 그는 그녀의 영웅이었다. 작년만 해도 그가 농담을 하고 동전이 사라지게 하면 그녀는 좋아했다. 올해는 눈을 굴릴 뿐이다. 오래된 도시조차 어쩐지 새롭고 낯설어 보인다. 아무것도 달라지지 않았으나 모든 것이 달라졌다. 똑같은 나무들이 향기를 풍긴다. 여름다운 유쾌함이다. 하지만 올해는 그것이 공공연한 위협처럼 다가온다.

어제 그녀는 그가 방에서 울고 있는 것을 보았다. 그녀가 문을 열었다. 그는 가라고 말했다. 그녀는 가지 않았다. 대신 문가에 서 있었다. 무슨 일이야? 그녀가 말했다. 무서워? 그가 그렇지 않다고 했다. 뻔한 거짓말이었다. 그는 모차르트에 대해 생각하고 있었다고, 젊은 나이에 상심해 죽었음에도 음악은 그렇게 밝다는 데 감동해 눈물을 흘린 거라고 말했다. 그렇구나. 문가에서 그녀가 말했다. 그것이 거짓말임을 그녀는 아주 잘 알았다. 모차르트가 그를 울릴 수 있다는 것이 거짓말은 아니었다. 그는 종종 울었다. 특히 높고도 감미로운 음조는, 여동생은 물론 누구에게도 대놓고 말하지는 않겠지만 약간의 오르가슴 같다고 느낀 일도 있었다. 하지만 진실은? 그날 그가 운 것은 모차르트 때문이 아니었다. 있지, 여름 오빠.(그녀는 그가 항상 오빠가 아니라 여름에만 오빠일 뿐이라는 듯 그를 그렇게 부르기 시작했다.) 그녀가 손가락으로 문을 두드리며 말했다. 그게 울 일은 아니잖아.

오늘 그녀는 책상에서 시선을 들어 올려다보고는 그가 아직도 그곳에 있다는 데 놀란 시늉을 한다.

이제 갈 거야. 그가 말한다.

하지만 그는 그대로 창틀에 앉아 있는다.

흠, 거기 앉아서 그렇게 우울을 뿜어내고 있을 거면 좀 더 유용한 일을 하는 게 어때? 아프지(sick) 말고 말이야. 그녀가 말한다.

아프다니? 그가 말한다.

세상의 영광이 이렇게 지나갑니다.(Sic transit gloria mundi.) 그녀가 말한다. 하하.

견딜 수 없는 아이. 얄밉다.

그렇게 줄 떨어진 꼭두각시 인형처럼 앉아 있지 말고. 그녀가 말한다. 이리 와. 뭐라도 해. 아무 얘기라도 해 봐.

무슨 얘기? 그가 말한다.

몰라. 그녀가 말한다. 상관없어. 아무거나. 뭘 읽고 있는지 말해 봐.

아, 아주 여러 가지를 읽고 있어. 그가 말한다.

사실 그가 아무것도 읽고 있지 않다는 것을 그녀는 안다. 읽는 사람은 그녀이지 그가 아니다.

읽고 있는 여러 가지 가운데 뭐든 얘기해 봐. 그녀가 말한다.

그녀는 그에게 창피를 주려는 것이다. 먼저 감정에 대해, 그리고 자신처럼 책을 읽지 않는다는 점에 대해.

학교에서 프랑스어 시간에 읽어야 하는 이야기 있잖아. 그거면 돼.

사실은 뭘 읽고 있냐면 마법의 염소 가죽을 가진 아주 나이가 많은 노인에 대한 세계적으로 유명한 이야기를 읽고 있어. 그런데 하도 나이가 많아서, 전설 자체만큼이나 많아서 곧 죽을 거라……. 그가 말한다.

인간은 유한한 존재이고 따라서 전설이 될 수 없으니까. 그녀가 말한다.

응, 맞아. 그가 말한다.

그녀가 웃음을 터뜨린다.

그리고 그는 마법의 염소 가죽을 다른 사람에게 넘겨주고 싶어 해. 그가 말한다.

왜 그러는데? 그녀가 말한다.

그는 정신이 멍해진다. 왜 그러는지는 그도 모른다.

마법이 허비되지 않게 하려는 거야. 그가 말한다. 그리고 또 음…….

애당초 마법의 염소 가죽은 어디서 난 거래? 그녀가 말한다.

그도 모른다. 수업을 그다지 주의 깊게 듣지 않았기 때문이다.

마법의 염소가 있었을까? 그녀가 말한다. 절벽 끝에 말이야. 어떤 높이나 각도로 뛰어내려도 섬세한 발굽으로 착지할 수 있는 염소. 아니면 염소의 가죽을 벗겼더니, 그러니까 희생 후에야 바로 그 희생 덕에 가죽에 마법이 깃든 걸까?

그녀는 그 이야기를 모르면서도 그가 기억하려고 애쓰는 것보다 더 멋진 이야기를 만들어 냈다.

응? 그녀가 말한다.

마법의 염소 가죽은 있지, 저, 그러니까 아주 나이가 많은 노인의 가장 오래되고 가장 강력한 마법서의 표지였어. 그가 말한다. 그래서 수백 년 동안 마법에 아주 흠뻑 젖어 있었던 거야. 그런데 그 노인이 사실 그것을 물려줄 수 있도록 바로 그 책에서 표지를 벗겨 냈지.

그러니까 그 노인이 왜 사실 바로 그 책을 통째로 물려주지 않는 건데? 그의 여동생이 말한다.

그녀가 책상에서 그를 향해 몸을 돌린다. 얼굴의 반은 놀림으로 반은 애정으로 차 있다.

몰라. 그가 말한다. 내가 아는 건 그가 그걸 물려주기로 결정했다는 것뿐이야. 그래서 음, 그걸 물려줄 젊은 청년을 찾아.

왜 젊은 청년인데? 그의 여동생이 말한다. 왜 젊은 처녀를 고르지 않을까?

야. 그가 말한다. 난 그냥 내가 읽은 걸 들려주는 거야. 노인이 청년에게 이렇게 말해. 이보게, 이 마법의 염소 가죽을 받게. 소중하게 다뤄야 하네. 아주아주 강력한 거라네. 어떻게 작동시키느냐 하면 먼저 손을 갖다 대고 소원을 비는 거야. 그러면 소원이 이루어져. 그런데 노인이 청년에게 말하지 않은 게 있어. 마법의 염소 가죽에 소원을 빌 때마다 마법의 염소 가죽이 작아진다는 거야. 크기가 자꾸 줄어드는데, 얼마나 큰 소원을 비느냐 작은 소원을 비느냐에 따라 조금 줄어들기도 하고 많이 줄어들기도 하지. 청년이 소원을 빌자 소원이 이루어졌어. 다시 소원을 빌어 봤더니 또 소원이 이루어지는 거야. 그래서 그는 마법의 염소 가죽에 소원을 빌어 가며 행운으로 가득한 삶을 살았어. 그런데 마법의 염소 가죽이 너무 많이 줄어들어 손바닥보다 작아졌어. 그래서 그게 더 커지게 해 달라고 소원을 빌자 글쎄, 그게 자꾸자꾸자꾸 커져서 온 세상만큼 커지더니 결국 홀연히 사라졌어.

그의 여동생이 눈을 굴린다.

바로 그때 청년이, 이제 약간 늙었지만 원래의 그 아주 나이가 많은 노인만큼은 늙지 않았는데 죽어 버렸어. 그가 말한다.

그의 여동생이 한숨을 쉰다.

그게 다야? 그녀가 말한다.

뭐, 기억나지 않는 자잘한 부분들도 있어. 그가 말한다. 그래도 맞아, 요지는 그거야.

알았어. 그녀가 말한다.

그리고 창가로 다가와 그의 볼에 입을 맞춘다.

마법의 포피 이야기를 들려줘서 고마워. 그녀가 말한다.

그는 그녀의 말이 끝난 후에야 무슨 말이었는지 알아듣는다. 그리고 알아듣자 귀까지 빨개진다. 온몸이 빨개진다. 그런 그를 보고 그녀가 빙긋 웃는다.

내가 그런 단어를 입에 담으면 안 돼서? 그녀가 말한다. 사실은 그것에 대한 이야기인데도? 세상의 모든 이야기가 실은 무엇에 대한 이야기인지 내가 모르게 하려고 수백 년 동안 숨겨 왔는데도? 그래, 포피야. 포피, 포피, 포피.

그녀가 그라면 그녀 앞에서 입 밖에 낼 수 없을 단어를 외치면서 방 안을 돌며 춤을 춘다.

그녀는 미쳤다.

하지만 그 이야기에 대한 그녀의 생각은 기가 막히게 옳다.

그녀는 똑똑하다.

그녀는 지금까지와는 차원이 다르게 진실하다.

그녀는 위험하고 탁월하다.

그녀가 창가로 와 창문을 더 활짝 연다. 그녀가 거리와 하늘에 대고 (다행스럽게도 영어로) "포피는 오고 포피는 간다! 하지만 모차르트는 영원히 계속된다!"라고 외친다. 그리고 책상 쪽으로 뒷걸음을 쳐 읽던 책을 들고 아무 일도 없었다는 듯 다시 읽는다.

그는 잠시 기다렸다가 창밖을 내려다본다. 작은 개를 데리고 걷던 여자가 걸음을 멈추고 손으로 햇빛을 가린 채 올려다보고 있다. 그 밖에 거리는 평소대로 계속되고 있다. 그의 여동생이 저렇게 미치고 저렇게 용감하고 저렇게 영리하고 저렇게 무모하고 저렇게 침착한데도, 그리고 그녀가 자라면 세계적으로 영향력 있는 인물이, 중요한 사상가가, 변혁가가, 괄목할 존재가 될 것임을 그가 확신함에도 전혀 상관없다는 듯이.

여름 오빠.

요양원 침대에 누운 노인.

여동생.

기껏해야 스무 살이나 스물한 살.

그녀의 사진은 남아 있지 않다. 어머니의 집에 있던

사진들? 불에 타고 잃어버리고 길가의 쓰레기가 된 지 오래다.

하지만 어머니를 보살피던 시절에 그의 여동생이 보낸 편지는 몇 장 남아 있다. 그녀는 열여덟 살이다. 앞으로 기울어진 재치 넘치는 그녀의 필체.

"친애하는 대니 오빠, 문제는 결국 우리가 자신의 상황들을 어떻게 바라보느냐야. 우리가 어디 있는지 어떻게 보고, 할 수 있다면 또렷하게 볼 수 있을 때 절망하지 않고 가장 적절하게 대처하기로 어떻게 선택하느냐야. 희망은 바로 그거야. 이 세상에서 사람들이 타인에게 하는 부정적인 행위들을 우리가 어떻게 다루느냐, 그것뿐이야. 그들도 우리처럼 모두 인간이라는 것을, 사악한 것이든 정당한 것이든 인간의 모든 것이 우리에게 이질적이지 않다는 것을, 그리고 무엇보다도 우리는 이 세상에 눈 깜짝할 순간만 머물 뿐이라는 것을 기억하면서. 그런데 그 눈 깜짝할 순간은 다정한 윙크일 수도 있고 자발적인 무지일 수도 있는데 자신이 두 가지 다 가능한 존재임을 우리는 알아야 해. 그리고 악이 턱까지 차 있다 해도 그 너머를 볼 준비를 해야 해. 그러니까 중요한 것은(내가 아주 잘 아는 친애하는 오빠의 따뜻하고 매혹적이고 쓸쓸한 영혼을 향해 직접 말하려고 해.) 시간, 우리의 시간이 아직 남아 있는 동안 그것을 허비하지 않는 거야."

친애하는 대니 오빠.

그가 시간을 대체 어떻게 쓴 것일까?

시답잖은 노랫말 몇 개에 바쳤을까?

정말 그것 말고 다른 게 없네.

그리고 그것들이 돈을 벌어 줄 때는 호의호식했지.

가을의 달콤함. 가을의 노랑. 그 어리석은 노래의 가사를 그는 전부 기억한다. 그러나 그는 기억하지 못한다.

맙소사, 기억나지 않는다.

하느님, 죄송한데요, 제 여동생 이름 좀 일러 주시면 안 될까요?

그가 신이 있다고 생각하는 것은 아니다. 사실 그는 신이 없다는 것을 안다. 하지만 만에 하나 그런 것이 있다면.

제발 여동생의 이름을, 다시 일러 주세요.

미안합니다. 침묵이 말한다. 도와드릴 수 없군요.

누구세요?

(침묵.)

거기 누구냐고요?

(침묵.)

하느님?

딱히 그렇다고는 할 수 없고요.

그럼 누구세요?

어디부터 시작할까요? 나는 나비의 더듬이예요. 나는 페인트의 원료인 화학 물질이에요. 나는 물가에 죽어 있는 사람이에요. 나는 물이에요. 나는 가장자리예요. 나는 피부 세포예요. 나는 살균제의 냄새예요. 나는 입술을 촉촉하게 하기 위해 문지르는 그거예요, 느껴지나요? 나는 부드러워요. 나는 단단해요. 나는 유리예요. 나는 모래예요. 나는 노란 플라스틱병이에요. 나는 바다와 온갖 물고기의 내장에 들어 있는 플라스틱들이에요. 나는 물고기들이에요. 나는 바다예요. 나는 바다의 연체동물들이에요. 나는 납작해진 맥주 캔이에요. 나는 운하에 있는 쇼핑 카트예요. 나는 오선지 위의 음표이고, 전선 위의 새예요. 나는 오선지예요. 나는 전선이에요. 나는 거미들이에요. 나는 씨앗들이에요. 나는 물이에요. 나는 열기예요. 나는 침대 시트의 면이에요. 나는 당신의 옆구리에 꽂혀 있는 관이에요. 나는 그 관 속의 소변이에요. 나는 당신의 옆구리예요. 나는 당신의 다른 쪽 옆구리예요. 나는 당신의 다른 사람이에요. 나는 벽 너머의 기침 소리예요. 나는 기침이에요. 나는 벽이에요. 나는 가래예요. 나는 기관지예요. 나는 안이에요. 나는 밖이에요. 나는 교통이에요. 나는 공해예요. 나는 백 년 전 시골길에 떨어진 쇠똥이에요. 나는 그 길의 바닥이에요. 나는 아래에 있는 거예요. 나는 위에 있는 거예요. 나는 파리예요. 나는 파리의 후손이에요. 나는 그 파리의 후손의 후손의 후손의 후손의 후손의 후손이에요. 나는 동그라미예요. 나는 정사각형이에요. 나는 온갖 형태예요. 나는 기하학이에요. 나는 내가 누군지에 대한 설명을 아직 시작도 하지 않았어요. 나는 모든 것을 만드는 모든 것이에요. 나는 모든 것을 파괴하는 모든 것이에요. 나는 불이에요. 나는 홍수예요. 나는 페스트예요. 나는 잉크이고 종이이고 풀이고 나무이고 나뭇잎들이고 나뭇잎이고 나뭇잎의 초록색이에요. 나는 나뭇잎의 잎맥이에요. 나는 아무 이야기도 하지 않는 목소리예요.

(콧방귀.) 그런 건 없어요.

무슨 말씀이신지. 있어요. 그게 나예요.

나뭇잎이라고 했나요?

나뭇잎이라고 했어요, 그래요.

당신이? 나뭇잎이에요?

귀가 어두우세요? 내가 나뭇잎이에요.

그저 단 하나의 나뭇잎이라고요?

아니에요. 더 정확히 말하죠. 이미 말했잖아요. 이미 분명히 말했는데. 나는 모든 나뭇잎이에요.

모든 나뭇잎이라고요.

그래요.

그러면 이미 떨어졌나요? 아직 떨어지기를 기다리고 있나요? 가을에? 폭풍 치는 여름에?

뭐, 정의에 따르면…….

그리고 모든 나뭇잎이라면 작년의 나뭇잎인가요?

나는…….

그리고 내년의 나뭇잎도 되는 거고요?

네, 나는…….

당신은 지나간 모든 해의 오래전에 사라진 모든 나

뭇잎인가요? 그리고 앞으로 생길 모든 나뭇잎이고요?

네, 네. 물론 그렇겠군요. 맙소사. 나는 나뭇잎들이에요. 나는 모든 나뭇잎들이라고요. 알겠어요?

그리고 떨어지는 것이고요? 맞아요, 틀려요?

당연하죠. 나뭇잎들은 떨어지니까요.

그렇다면 당신은 정체가 뭐든 나를 속일 수 없어요. 나는 아주 잠깐도 속지 않아요.

(침묵.)

언제나 더 많은 이야기가 있고 앞으로도 언제나 그럴 거예요. 이야기란 그런 거니까.

(침묵.)

결코 끝나지 않을 나뭇잎의 떨어짐이죠.

(침묵.)

그렇죠? 맞죠?

(침묵.)

진짜 가을이 얼마 남지 않아 이제 날씨가 낫다. 여태까지는 여름 내내 파리가 꼬이고 악취가 풍겼으며 구름이 잔뜩 끼고 서늘하고 가을 같기도 했다. 엘리자베스가 여권 신청서를 우체국에 가져가 체크 앤드 센드 시스템으로 제출하려 한 첫날부터 거의 줄곧 그랬다.

그녀의 새 여권이 방금 우편으로 도착했다.

그녀의 머리카락은 결국 시험을 통과한 모양이었다. 눈의 위치 역시 그랬던 것 같다.

그녀가 어머니에게 새 여권을 보여 준다. 그녀의 어

머니는 여권 표지 상단에 찍힌 유럽 연합이라는 글자를 가리키며 슬픈 표정을 한다. 그러고는 여권을 훑어본다.

이 그림들은 죄다 뭐라니? 그녀가 말한다. 여권에 무슨 레이디버드* 책처럼 삽화를 넣었네?

약 먹은 레이디버드겠죠. 엘리자베스가 말한다.

이런 걸 준다면 나는 새 여권 싫다. 그녀의 어머니가 말한다. 게다가 온통 남자들뿐이잖아. 여자들은 다 어디 갔대? 아, 여기 한 명 있네. 이거 그레이시 필즈니? 건축? 그럼 대체 누구란 거야? 그리고 이게 다래? 고작 우스꽝스러운 모자를 쓴 이 여자 한 명뿐이야? 기막혀. 여기 한 명 더 있네. 나중에 생각난 것처럼 페이지 가운데 접혀 들어가 있지만. 그리고 여기 두 명 더 있네. 스코틀랜드 백파이프 연주자들하고 같은 페이지에. 둘 다 스코틀랜드 고유의 춤을 추는 판에 박힌 모습이지. 공연 예술이라. 뭐, 스코틀랜드와 여자들 그리고 대륙 간의 결속이 아주 제대로 돼 가고 있군.

그녀가 여권을 엘리자베스에게 돌려준다.

---

* 런던에 있는 어린이책 출판사.

국민 투표 전에 여권이랍시고 만들어 내는 이딴 걸 봤다면 이미 시작된 게 분명한 새로운 미래에 한참 전에 길들었을 텐데. 그녀가 말한다.

엘리자베스는 어머니가 집 안쪽에 그녀를 위해 마련해 놓은 방에 있는 거울 옆에 새 여권을 끼워 둔다. 그리고 외투를 걸치고 버스 정류장으로 간다.

잊지 마. 그녀의 어머니가 집 안에서 외친다. 저녁 식사 말이야. 6시까지는 와야 해. 조이가 오거든.

조이는 그녀의 어머니가 어릴 때 BBC 방송국의 아역 배우였으며 이 주 전 「황금 망치」를 촬영하다 만나서 이제 친구가 된 사람이다. 월 초에 녹화해 놓고 벌써부터 엘리자베스에게 보여 주려고 안달이 난 스코틀랜드 국회 의사당 개관 실황을 함께 보자고 그녀의 어머니가 초대했던 것이다. 이미 혼자서 몇 번을 본 그녀의 어머니는 성우가 직장(職杖)에 새겨진 글귀를 소개하는 첫 장면부터 눈물을 쏟기 시작했다.

지혜. 정의. 연민. 신실.

신실이란 말 때문이야. 그녀의 어머니가 말했다. 매번 그러지 뭐니. 그 단어를 들으면 거짓말쟁이들의 얼굴이 머릿속에 떠오르거든.

엘리자베스가 얼굴을 찡그렸다. 매일 아침 그녀는 어쩐지 속아 넘어간 것 같은 기분으로 잠에서 깬다. 그러면 어느 쪽에 투표했든 속았다는 기분으로 일어나는 사람이 온 나라에 몇 명이나 될까 하는 것으로 생각이 이어진다.

네에. 그녀가 말했다.

난 아직 저 위쪽에 집을 알아보고 있어. 그녀의 어머니가 말했다. 나는 유럽 연합을 떠나지 않을 거야.

그녀의 어머니는 괜찮다. 그녀는 살 만큼 살았다.

주말에는 엘리자베스의 아파트 건물 근처의 거리에서 깡패 같은 자들이 떼를 지어 「지배하라, 영국이여」를 불렀다. 영국은 파도를 지배한다. 먼저 우리는 폴란드인들을 잡을 테다. 그다음에는 이슬람교도들과 날품팔이들을 잡을 테고, 이어서 동성애자들을 잡을 테다. "아무리 도망쳐도 우리는 당신들을 쫓아가서 잡을 거예요." 바로 그 토요일 낮 라디오 4에서 방송한 토론 프로그램에 출연한 우파 대변인이 여성 하원 의원을 향해 소리쳤다. 토론 진행자는 그 남자의 협박을 듣고도 질책하기는커녕 일언반구도 없이 오히려 토리당 의원에게 최후의 발언권을 줬고 이 의원은 토론의 마지막 삼십 초를 활용해 방송 중에 나온 개인적 협박이 아니라 이민이라는 실재하고 불온하고 우려할 만한 상황에 대해 이야기했다. 엘리자베스는 목욕을 하며 이 방송을 들었다. 그녀는 라디오를 끄고 앞으로 라디오 4를 아무렇지도 않게 다시 들을 수 있을까 자문했다. 그녀의 귀는 일대 변화(sea-change)를 겪었다. 또는 세상에 일대 변화가 일어났다.

그러나 바다의 변화(sea-change)를 겪고서
귀중하고(rich) ……한 것으로 변하네*

귀중하고 다음이 뭐였지? 그녀는 생각한다.

부(rich)와 가난(poor).

그녀는 거울에 서린 김을 문질러 닦고 자신의 모습 앞에 멍하니 서 있었다. 거울 위로 부옇게 비친 얼굴을 바라보았다.

여보세요. 이튿날 아침 엘리자베스가 전화기 너머에 있는 어머니에게 말했다. 저예요. 적어도 저라고 생각

---

* 윌리엄 셰익스피어, 『태풍』.

해요.

무슨 말인지 안다. 그녀의 어머니가 말했다.

엄마 집에서 조금 지내도 돼요? 일을 해야 하는데, 음, 집 가까운 곳에서 했으면 하거든요.

그녀의 어머니가 웃더니 안쪽 방을 원하는 만큼 얼마든지 써도 된다고 말했다.

그런데 1960년대의 스타 아역 배우인 조이도 스코틀랜드 방송을 보러 오기로 돼 있었다.

조이와 나는 은제 금화 보관함 덕에 친해졌어. 그녀의 어머니가 말했다. 그게 뭔지 모르지? 닫아 놓으면 주머니시계처럼 생겼어. 텔레비전에 나온 골동품 시장에서 한두 개 본 적이 있어. 캐비닛 위에 그게 하나 있는데 조이가 집어서 열어 보더니 어머 이런, 어쩌면 좋아, 누가 시계 알맹이를 몽땅 빼 갔네 하는 거야. 그래서 내가 아니에요, 이건 아마 금화 보관함일 거예요 했지. 그러자 조이가 말했어. 앗, 이게 금화 크기인가요? 어쨌든 옛날 돈이라는 거죠? 그럴 줄 알았어. 최초의 1파운드 금화예요. 곧 가치가 60펜스로 떨어지겠지만. 우리 둘이 하도 크게 웃어서 옆방에서 하던 촬영을 망쳐 버렸지 뭐니.

너도 꼭 만나 봐. 그녀의 어머니가 다시 말한다. 덕분에 내 기분이 말도 못 하게 좋아졌거든.

잊어버리지 않을게요. 엘리자베스가 말한다.

그녀는 문을 나서자마자 잊어버린다.

변함이 없다. 수면 증가기에 들어가 베개에 머리를 대고 눈을 감고 의식이 거의 없는 상태에서도 그는 자신이 항상 할 수 있었던 그것을 한다.

한없이 매혹적이다, 대니얼은. 마법 같은 삶. 어떻게 그러는 걸까?

그녀는 복도에서 의자를 가지고 들어와 병실 문을 닫은 뒤 가져온 책을 펼치고 처음부터 나지막한 소리로 읽기 시작한 터였다. "최고의 시절이자 최악의 시절이었고, 지혜의 시대이자 어리석음의 시대였으며, 믿음의 세기이자 의심의 세기였고, 빛의 계절이자 어둠의 계절이었으며, 희망의 봄이자 절망의 겨울이었고, 우리는 모든 것을 가진 동시에 아무것도 갖지 않았다."* 단어들이 부적처럼 작동했다. 순식간에 모든 것이 발산되었다. 일어나는 일들과 그녀 사이에 아주 약간의 거리가 유지됐다.

실로 마술이었다.

여권이 무슨 소용이란 말인가?

나는 누구인가? 나는 어디 있는가? 나는 무엇인가?

나는 책을 읽고 있다.

대니얼은 동화에 나오는 사람처럼 잠들어 누워 있다. 그녀는 책의 시작 부분을 펼쳐 들고 있다. 그녀는 아무 말도 하지 않는다.

제가 아주 어릴 때요, 엄마가 아저씨를 못 보게 한 적이 있었어요. 그녀는 머릿속으로만 말한다. 엄마가 시키는 대로 해 봤지만 사흘을 못 넘겼어요. 사흘째 되던 날에 언젠가 제가 죽으리라는 걸 처음으로 깨달았죠. 그래서 그냥 대놓고 엄마를 무시했어요. 엄마 말을 어긴 거

---

* 찰스 디킨스, 『두 도시 이야기』.

예요. 엄마도 어떻게 손을 쓸 수가 없었어요. 단 사흘이었지만 그때 아저씨가 그 사실을 눈치채거나 알아내지 못했다는 게 스스로 자랑스러웠어요.

지난 몇 년간 여기 없었던 점 사과드리고 싶어요. 다 합치면 십 년이네요. 정말 죄송해요. 저도 어쩔 수 없었어요. 하찮은 일 때문에 절망적으로 상처를 입었으니까요.

물론 아저씨가 이번에도 제가 없다는 사실을 눈치채지 못했을 수도 있을 거예요.

저는 그 시기 동안 줄곧 아저씨를 생각했어요. 아저씨 생각을 하지 않는 동안에도 아저씨 생각을 했어요.

숨 쉬는 소리 빼고 엘리자베스는 고요하다.

대니얼도 숨 쉬는 소리 빼고 고요하다.

그리고 얼마 지나지 않아 그녀는 등받이가 수직인 의자에 앉아 벽에 머리를 기대고 잠이 든다. 그녀는 꿈속에서 새하얀 공간에 앉아 있다.

이 새하얀 공간은 그녀의 아파트다.

정확히 말하면 그녀의 아파트는 아니고 꿈속에서도 그녀는 그 사실을 알고 있다. 그녀는 아마도 집을 살 수 없으리라는 생각에 익숙해졌다. 대수롭지도 않다. 돈이 아주 많거나 부모가 죽거나 부모에게 돈이 많지 않으면 이제 아무도 집을 살 수 없다. 하지만 괜찮다. 그녀에게는 임차 계약이 있다. 꿈속의 벽이 하얀 아파트에 대한 임차 계약이다. 벽 너머로 옆집의 텔레비전 소리가 들린다. 그 덕에 이웃이 있다는 것을 깨닫는다.

누군가가 문을 두드린다. 대니얼일 것이다.

그런데 아니다. 여자다. 그녀의 얼굴은 종잇장처럼, 빈 화면처럼 텅 비어 있다. 엘리자베스는 허둥지둥하기 시작한다. 빈 화면은 컴퓨터가 고장을 일으켰으며 모든 지식이 사라질 것이라는 의미다. 그녀는 이제 업무 관련 파일들을 조회할 길이 없을 것이다. 지금 세상에서 어떤 일이 일어나는지 알 길이 없을 것이다. 누구하고도 연락할 길이 없을 것이다. 다시는 아무 일도 할 길이 없을 것이다.

여자는 엘리자베스를 무시한다. 그녀는 엘리자베스가 문을 닫지 못하게 문가에 주저앉는다. 그리고 책을 꺼낸다. 『태풍』의 미란다가 틀림없다. 『태풍』의 미란다가 『멋진 신세계』를 읽고 있다.

그곳에 엘리자베스도 있다는 것을 막 깨달은 듯 그녀가 책에서 눈을 든다.

우리 아버지 소식을 전하러 왔어. 그녀가 말한다.

얼굴이 텅 빈 여자에 따르면 그들의 아버지는 그날 일찍 새 랩톱을 사러 나갔다.

너한테 선물을 주려고. 그녀(엘리자베스의 언니)가 말한다. 그런데 이 일이 일어났지.

그리고 엘리자베스는 마치 영화를 보듯 다음에 일어나는 일을 본다.

존 루이스 백화점에 가던 한 남자(그녀의 아버지?)가 좀 더 싼 것이 있는지 보려고 캐시 컨버터스의 진열장 앞에서 걸음을 멈춘다. 어떤 여자도 걸음을 멈추고 진열장을 들여다본다. 랩톱을 보고 계세요? 여자가 말한다. 네. 엘리자베스의 아버지가 말한다. 있잖아요, 실은 제가 가게에 들어가 제 새 랩톱을 팔 참이에요. 여자가 말한다. 이미 말한 대로 새거예요. 미국에 일자리를 얻어서 이 새 랩톱이 필요 없게 돼서요. 그런데 혹시 랩톱을 사시려는 거면 캐시 컨버터스 대신 아주 좋은 값으로 선생님에게 직접 팔 수도 있어요.

엘리자베스의 아버지는 여자와 함께 주차장으로 가고 여자는 자동차 트렁크를 열고 안에 든 가방의 지퍼를 열어 새 랩톱을 꺼낸다. 꿈속의 엘리자베스는 냄새만으로도 그것이 얼마나 새것인지 알 수 있다.

현금 600파운드면 괜찮으세요? 여자가 말한다. 네. 엘리자베스의 아버지가 말한다. 공정한 가격 같군요. 현금 인출기에서 돈을 뽑아 올게요.

저도 함께 갈게요. 여자가 랩톱을 가방에 넣고 트렁크를 닫으며 말한다.

그들은 함께 현금 인출기로 간다. 그가 돈을 뽑는다. 그들이 차로 돌아간다. 그가 여자에게 돈을 준다. 여자가 트렁크를 열고 가방을 꺼내 그에게 건넨다. 그녀가 트렁크를 닫고는 차를 타고 떠난다.

그리고 우리 아버지는 가방을 열었어. 얼굴이 텅 빈 여자가 말한다. 가방에는 양파만 가득 들어 있었어. 양파와 감자만. 자, 여기.

그녀가 엘리자베스에게 가방을 건넨다. 엘리자베스가 가방을 연다. 감자와 양파만 가득하다.

고마워. 엘리자베스가 말한다. 아빠한테 고맙다고

전해 줘.

그녀는 조리대가 있어야 할 곳을 바라본다. 하지만 온통 새하얀 방 안에는 아무것도 없다.

괜찮아. 그녀가 생각한다. 대니얼이 오면 이걸로 뭔가 만들 방법을 찾아 줄 거야.

그때 잠이 깬다.

그녀는 일 초도 안 되는 동안만 꿈을 기억했다가 어디에 있는지 떠올리고 꿈을 잊어버린다.

그리고 의자에 앉은 채로 팔과 어깨와 다리를 뻗고 펴 본다.

그러니까 대니얼과의 동침이란 이런 거로군.

그녀가 혼자 웃는다.

(그녀는 종종 궁금했더랬다.)

1996년 4월 평범한 수요일이었다. 엘리자베스는 열한 살이었다. 그녀는 새 롤러블레이드를 신고 있었다. 그것을 신고 일어서면 발꿈치에서 색색의 불빛이 반짝였다. 해가 진 후 방 안의 불을 모두 끄거나 커튼을 치고 손으로 누르지 않고서야 정작 신은 사람은 볼 수 없었다.

현관문에 대니얼이 있었다.

나 극장에 간다. 그가 말했다. 노천극장. 함께 가고 싶니?

문명과 식민지 건설, 제국주의에 관한 연극이라고

그가 말했다.

좀 지루할 것 같은데요. 그녀가 말했다.

나를 믿어라. 대니얼이 말했다.

그래서 그녀는 따라갔고, 지루하지 않았고, 사실 아주 좋았다. 아버지와 딸에 대한 이야기였다. 그리고 공정함과 불공정함에 관한 이야기에 섬에서 최면을 당하고 섬의 지배권을 놓고 서로 음모를 꾸미는 사람들의, 누구는 노예가 되고 누구는 자유를 찾는 인물들의 이야기이기도 했다. 하지만 무엇보다도 마술사인 아버지가 앞날을 열어 주는 소녀에 대한 이야기였다. 딸이 좀 더 능동적이면 좋았을 것도 같지만 어쨌든 아주 좋은 연극이었다. 노쇠한 아버지가 마법의 외투와 지팡이도 없이 나서서 관객들이 박수를 치지 않으면 자신은 판자로 꾸민 가짜 섬에 영영 사로잡혀 있을 것이라고, 그들이 박수를 치지 않으면 정녕 어두운 노천극장에 밤새 묶여 있을 것이라고 말할 때 엘리자베스는 거의 울고 있었다.

그저 박수를 침으로써 누군가를 무언가로부터 해방할 수 있다는 것도 상당히 신나는 일이었다.

그녀는 대니얼이 반짝이는 불빛을 볼 수 있도록 대

니얼보다 앞서서 롤러블레이드를 타고 집까지 왔다.

그날 밤 그녀는 잠자리에서도 자신의 발과 그 밑에서 빠르게 지나가는 포장도로를 떠올렸고 자신의 아버지에 대한 어떤 것보다 도로의 갈라진 틈처럼 아무 쓸모없는 세부 사실들을 더 정확히 기억하다니 참 희한한 일이라고 생각했다.

이튿날 아침을 먹으며 그녀가 어머니에게 말했다.

어젯밤에 잠을 못 잤어요.

아, 저런. 그녀의 어머니가 말했다. 뭐, 오늘 밤에는 잘 자겠지.

잠을 못 잔 이유가 있어요. 엘리자베스가 말했다.

그래? 그녀의 어머니가 말했다.

잠을 못 잔 건 아버지의 얼굴이 어떻게 생겼는지 전혀 기억하지 못한다는 걸 깨달았기 때문이에요. 엘리자베스가 말했다.

음, 넌 운도 좋구나. 그녀의 어머니가 얼굴 앞에 신문을 들고 말했다.

그녀가 신문을 한 장 넘겨 접고 가다듬은 뒤 다시 얼굴 앞으로 들어 올렸다.

엘리자베스는 롤러블레이드를 신고 끈을 묶고서 대니얼의 집으로 갔다. 대니얼은 집 뒤쪽의 정원에 있었다. 엘리자베스는 롤러블레이드를 밀어 그에게 다가갔다.

아, 안녕. 대니얼이 말했다. 너로구나. 뭘 읽고 있니?

어젯밤에 잠을 못 잤어요. 그녀가 말했다.

잠깐. 대니얼이 말했다. 먼저 말해 줘야지. 뭘 읽고 있니?

『시계태엽』요. 그녀가 말했다. 정말 재미있어요. 어제 말씀드린 책이에요. 사람들이 꾸며 낸 이야기가 현실이 되어 실제로 일어나는 끔찍한 이야기죠.

기억난다. 대니얼이 말했다. 노래를 해서 나쁜 일이 일어나는 걸 막지.

맞아요. 엘리자베스가 말했다.

삶이 그렇게 단순하다면 얼마나 좋을까. 대니얼이 말했다.

저도 딱 그렇게 생각해요. 엘리자베스가 말했다. 제가 잠을 못 잤다니까요.

책 때문에? 대니얼이 말했다.

엘리자베스는 포장도로와 발과 아버지의 얼굴에 대

해 말했다. 대니얼의 얼굴이 어두워졌다. 그가 잔디밭에 앉았다. 그리고 앉은 자리 옆의 잔디를 두드렸다.

잊어버려도 괜찮단다. 그가 말했다. 또 그러는 편이 좋아. 사실 우리는 때로 잊어야 하지. 잊는 건 중요한 일이란다. 일부러라도 그래야 해. 그래야 좀 쉴 수 있거든. 듣고 있니? 우리는 잊어야 해. 그러지 않으면 영영 잠을 잘 수 없게 될 거야.

엘리자베스는 훨씬 어린 아이처럼 울고 있었다. 울음이 날씨처럼 그녀에게서 나왔다.

대니얼이 그녀의 등에 손바닥을 얹었다.

기억나지 않는 게 있어 괴로울 때 내가 뭘 하냐면 말이다. 듣고 있니?

네. 엘리자베스가 울면서 대답했다.

무얼 잊어버렸든 그게 가까운 곳에서 새처럼 날개를 접고 잠들어 있다고 상상한단다.

어떤 종류의 새요? 엘리자베스가 말했다.

들새. 대니얼이 말했다. 종류는 상관없어. 그런 일이 일어나면 저절로 알게 될 거야. 그러면 나는 그것을 너무 세지 않게 살며시 감싸 안고 재우지. 그러면 돼.

이어서 그는 롤러스케이트 뒤의 불빛이 길 위에서 탈 때만 반짝이지 잔디밭에서 타면 반짝이지 않는다는 것이 사실이냐고 물었다.

엘리자베스는 울음을 그쳤다.

롤러블레이드예요. 그녀가 말했다.

롤러블레이드라. 대니얼이 말했다. 그래, 그런데?

그리고 잔디밭에서는 롤러블레이드를 탈 수 없어요. 그녀가 말했다.

못 탄다고? 대니얼이 말했다. 진실이란 정말 때로는 실망스럽기 짝이 없구나. 우리 한번 해 볼까?

소용없을 거예요. 그녀가 말했다.

그래도 한번 해 보면 안 되겠니? 그가 말했다. 통념이 틀렸음을 입증하게 될지도 몰라.

알았어요. 엘리자베스가 말했다.

그녀가 일어섰다. 그리고 소매로 얼굴을 닦았다.

되살아나다. 엘리자베스가 말한다. 기아와 곤궁과 무. 온 도시가 격랑에 휩쓸리고 있으나 이제 시작에 불과하다. 야만이 몰려온다. 사람들이 희생될 것이다.

엘리자베스는 복도에서 외투를 걸고 있다. 그녀의 어머니는 방금 새 친구 조이에게 딸을 소개한 다음 오늘 『두 도시 이야기』를 어디까지 읽었냐고 물었다.

글럭 씨가 누군데요? 그녀의 어머니의 새 친구 조이가 말한다.

글럭 씨는 여러 해 전에 이웃에 살았던 유쾌한 동성

애자 노인이에요. 그녀의 어머니가 말한다. 얘가 무척 좋아했어요. 그래서 어릴 적부터 친해졌죠. 아주 골치 아픈 아이였답니다. 나도 참 안됐어요. 마음을 읽기 힘든 아이였으니까요.

그분은 아니에요. 나는 그랬고 지금도 그래요. 그리고 나는 아니었어요. 그 순서대로예요. 엘리자베스가 말한다.

보셨죠? 그녀의 어머니가 말한다.

나는 마음을 읽기 어려운 사람이 좋아요. 조이가 말한다.

그녀가 꾸밈없이 다정한 태도로 엘리자베스에게 웃어 보인다. 아마 60대일 것이다. 단정한 얼굴이고 요란스럽지 않게 멋을 냈다. 현재는 상당히 유명한 정신 분석가라는 것 같다.(어머니에게 그 말을 듣고 엘리자베스는 웃음을 터뜨렸더랬다. 그렇게 오래 회피하시더니 드디어 상담을 받는군요. 그녀는 그렇게 말했다.) 예전에 영화에서 공중전화 부스와 춤을 추던 소녀의 모습이 아주 희미하게 남아 있다. 소녀의 유령이 그녀의 어딘가에서 테크니컬러 영상으로 가물거린다. 나이 든 그녀의 모습은 따뜻하고, 다른 사과는 다 떨어지고 홀로 나무에 붙어 있는 사과처럼 빛난다. 한편 엘리자베스의 어머니는 화장을 하고 동네의 값비싼 가게에서 파는 것 같은, 새것으로 보이는 리넨 옷들을 차려입고 애쓰고 있다.

그리고 아직까지도 연락을 하고 지내나 봐요. 조이가 말한다.

사실 연락이 끊겼더랬어요. 그녀의 어머니가 말한다. 그러다가 한 이웃 사람이 인터넷에서 나를 찾아내서는 그분이 집도 팔고 바버라 헵워스의 마석…….

축소 모형이에요. 엘리자베스가 말한다.

어머나. 조이가 말한다. 취향이 세련되시네요.

……그것도 처분하고 요양원에 들어갔다고 알려 주는 거예요. 그녀의 어머니가 말한다. 그래서 농담이 아니라 육 년 동안, 농담이 아니라 날 딱 한 번 찾아왔던 엘리자베스에게 전해 줬죠. 전화를 걸어 아 저기, 글럭 씨 그 노인 말이야. 지금 몰팅스 요양원이라는 곳에 있다더라. 여기서 멀지 않은 것 같아. 그랬더니 농담이 아니라 그 뒤로 여름 내내 매주 찾아오지 뭐예요. 한 주에 두 번 올 때도 있고. 지금은 당분간 여기서 지내요. 딸을 다시

얻으니 좋네요. 적어도 지금까지는요.

고마워요. 엘리자베스가 말한다.

그리고 이제 나는 말년에 이르렀고 스스로에게 관심을 기울이며 살고 싶어요. 그녀의 어머니가 말한다. 그동안 못 읽은 『미들마치』, 『모비 딕』, 『전쟁과 평화』 같은 책들도 읽고요. 물론 글럭 씨처럼 오래 살지는 못하겠죠. 그분은 이제 백열 살이거든요.

뭐라고요? 조이가 말한다.

엄마는 늘 그분 연세를 잘못 말해요. 겨우 백한 살 되셨어요. 엘리자베스가 말한다.

조이가 고개를 젓는다.

겨우. 그녀가 말한다. 맙소사. 일흔다섯이면 족할 것 같아요. 그 후는 덤이고요. 뭐, 지금 생각이야 그렇지만 막상 일흔다섯이 되면 어떨지 모르는 일이겠죠.

여름밤이면 그가 집 뒤쪽의 정원에 영사기와 은막을 설치하곤 했어요. 그녀의 어머니가 말한다. 아이에게 오래된 영화들을 보여 줬지요. 창밖으로 내다보면 별이 빛나는 밤에 둘이 조그만 빛의 상자 속에 앉아 있는 거예요. 아직 여름이란 게 있던 시절이었죠. 지금처럼

한 계절만 있는 게 아니라 아직 네 계절이 있었어요. 그리고 기억나니? 그분이 자기 손목시계를 강물에 내던지고…….

운하예요. 엘리자베스가 말한다.

……너한테 그게 시간과 움직임에 대한 공부라고 했댔지? 그녀의 어머니가 말한다.

정말 근사한 우정이에요. 조이가 말한다. 그래서 매주 찾아가나요? 책도 읽어 드리고?

저는 그분을 사랑해요. 엘리자베스가 말한다.

조이가 고개를 끄덕인다.

그녀의 어머니가 눈을 굴린다.

혼수상태나 다름없어요. 그녀가 목소리를 조금 낮춰 말한다. 안된 일이죠. 그는 못 일어날 거예요.

혼수상태 아니에요. 엘리자베스가 말한다.

그녀는 말을 하면서 자신의 목소리에 분노가 묻어 있음을 느낀다. 그녀가 목소리를 낮추고 다시 말한다.

그냥 잠들어 계시는 거예요. 그녀가 말한다. 다만 한 번에 아주 오래. 혼수상태는 아니에요. 휴식 중인 거죠. 집이며 물건들을 정리해 팔고 나서 지쳐 버린 걸 거예요.

그녀는 어머니가 새 친구를 향해 고개를 젓는 모습을 본다.

나라면 다 버렸을 거예요. 조이가 말한다. 운하건 강이건 아무 데나 제일 가까운 곳에. 아니면 나눠 주든가요. 끌어안고 있어 본들 아무 소용 없잖아요.

엘리자베스는 일광욕실로 건너가 소파에 드러눕는다. 영화 보던 밤들을, 서커스 조수 일자리를 얻은 채플린이 누르지 말라고 경고받은 마술사의 탁자 위 단추를 누르는 바람에 오리들과 비둘기들과 아기 돼지들이 숨겨진 칸막이 공간에서 우르르 쏟아져 나오던 장면을 그녀는 잊고 있었다.

복도에 서서 매주 필사적으로 그 번호를 눌렀어요. 그녀의 어머니가 주방에서 말하고 있다. 01 811 8055, 아직도 기억나요. 방송은 거의 못 본 거죠. 내내 복도에서 서성거렸으니. 그런데 한번 생각이 떠오르자 그게 정말로 재미있는 거예요. 마치 내가 최고로 재치 있는 사람 같고요. 그렇게 매주 전화를 걸었어요. 그러던 어느 날 연결이 됐지 뭐예요. 교환원 여자가요, 스튜디오 뒤편에 앉아 전화를 받고 거래 내용을 받아 적던 사람들 말이에요, 전화를 받더니 "색색의 벼룩시장"이라는 마법의 주문을 말하지 뭐예요. 내가 "저는 웬디 파핏인데요, 저의 왕국을 말과 교환하고 싶어요."라고 했더니 화면에 열 가지 교환 물품 중 하나로 띄우더라고요. "웬디 파핏, 왕국 내놓고 말을 원하다."

노엘 그 사람을 한 번 만났어요. 그녀의 친구가 말한다. 뭐, 한 삼십 초쯤. 몹시 들떴죠. 직원용 구내 식당에서였어요.

우리 삶의 전부였어요. 그녀의 어머니가 말하고 있다. 어린 시절 내 삶의 전부. 아버지 장례를 치른 다음 엄마가 달리 뭘 해야 할지 몰라서였겠지만 텔레비전을 켜시더군요. 우리도 엄마도 다 거기 앉아서 「월튼네 사람들」을 봤죠. 그러면 모든 게 좋아지고 다시 정상으로 돌아가기라도 할 것처럼.

당신에게 그랬듯 내게도 모든 게 신비롭고 신나고 위안이 됐어요. 그녀의 어머니의 친구가 말하고 있다. 그것의 중요한 일부가 될 운명이었지만요. 요즘에는 다들 무슨 학대 같은 게 있지는 않았는지 알고 싶어 해요. 누군가가 혹시 해서는 안 될 일을 하지 않았는지. 질문하는 사람들은요, 정말이지 간절히 묻고 싶어들 하는데요, 그뿐 아니라 몹시 간절히 뭔가 나쁜 내용을 듣고 싶어 하기도 해요. 뭔가 끔찍한 사건을요. 내가 그런 일 없었다고, 아주 행복한 시절이었다고, 일이 즐거웠다고, 무엇보다 배우로 일하는 게 좋았다고, 아주 근사한 옷을 입은 것이며 집과 일터 사이를 태워다 준 차 뒷좌석에서 담배를 배운 것이며 모두모두 재미있었다고 하면 다들 실망한 표정이 돼요. 특히 담배 이야기에서는 양쪽 눈썹이 올라가면서 더 이상 아이로서 살기보다 좀 더 노숙한 척 굴어야 한다는 욕구를 느끼게 한 것 자체가 순수에 대한 학대였다고 하죠.

엘리자베스가 잠에서 깨어 일어나 앉는다.

밖이 어두워지고 있다.

그녀는 전화기를 본다. 9시가 다 됐다.

복도 건너에서 대화 소리가 웅얼웅얼 들려온다. 이제 그들은 거실로 옮겨 갔다. 그녀를 빼고 저녁을 먹은 모양이다.

그들은 「황금 망치」를 찍을 당시 들어간 어느 방에 관해 이야기하고 있다. 그녀의 어머니는 그녀에게 이 방에 대해 말해 주었더랬다. 커다란 방이었어. 그녀의 어머니가 말했다. 수천 개의 옛 셰리 잔이 서로 겹쳐 놓여 있었지.

역사의 한 장임을 알고 들어가 서글픈 취약함을 끝없이 발견하는 느낌. 조이가 말한다. 발길질 한 번이면 참사잖아요. 발걸음을 조심해야 하고, 구형 다이얼식 전화기들은 또 어떻고요.

도자기 강아지 인형들. 그녀의 어머니가 말한다.

잉크병.(조이.)

닻과 사자 마크가 새겨진 은제 성냥갑, 세기 말 버밍엄 작품이죠.(그녀의 어머니.)

그런 걸 아주 잘 아네요.(조이.)

텔레비전을 많이 봐서 그래요.(그녀의 어머니.)

외출을 좀 더 해요.(조이.)

버터 제조용 교유기.(그녀의 어머니.) 벅길이 커피 그라인더.(조이.) 풀의 자기. 가짜 클래리스 클리프 작품. 일본산 양철 로봇.(엘리자베스는 이제 더는 누구의 목소리인지 분간할 수 없다.) 펠햄 꼭두각시 인형이 아직 상자에 들어 있었던 게 기억나요. 벽시계들. 전승 기념 메달들. 문양이 새겨진 수정 제품. 탁자 세트들. 타일들. 디캔터들. 캐비닛들. 도제들이 만든 물건들. 화분 받침대들. 오래된 사진집들. 악보들. 그림들. 그리고 그림들. 또 그림들.

온 나라에서 온갖 오래된 것들이 상점과 헛간과 창고의 선반에 올라왔다. 진열대 안과 진열대 위에 쌓였고, 상점들의 지하실에서 위층으로, 상점들의 다락에서 아래층으로 영역을 넓혀 갔다. 대규모 국립 교향악단이 현 바로 위에 활을 들고 때를 기다리는 것처럼 상점들에서 사람들이 빠져나갈 때까지, 문가에서 경보음이 울릴 때까지, 온 나라의 수천 개 상점과 헛간과 창고의 자물쇠에 열쇠가 들어가 돌아갈 때까지 모든 직물이 입을 다물고 모든 물건이 숨을 죽이는 것 같았다.

그러다 어둠이 내리면 교향곡이 울린다. 아. 아, 이거 멋진 발상이네. 팔리고 버려진 것들의 교향곡. 한때 이런 것들을 지녔던 모든 생명들의 교향곡. 가치와 무가치의 교향곡. 가짜 클래리스 클리프 작품들은 플루트 정도겠다. 갈색 가구는 나지막한 베이스. 습기가 차 얼룩진 옛날 사진첩들은 트레이싱 페이퍼 사이에서 속삭이겠지. 은제품은 순수한 소리를, 고리버들 세공품들은 갈대 소리를 낼 것이다. 도자기들은? 금세 부서질 것 같은 목소리를 가졌을 거야. 나무로 만든 것들은 테너. 그래, 그런데 진품의 소리가 복제품의 소리와 조금이라도 다를까?

여자들이 웃음을 터뜨리기 시작한다.

담배 냄새가 난다.

아니, 대마초 냄새가 난다.

그녀는 다시 소파에 누워 두 사람이 「황금 망치」를 촬영할 때 엉뚱한 장소에서 웃음을 터뜨리거나 해야 할 말을 놓치는 등 실수를 저질러 시나리오를 망쳐 버린 일이 얼마나 많았는지 이야기하며 웃는 소리를 듣는다. 그들의 말을 들어 보니 촬영 장소로 쓰인 골동품 가게에서 그녀의 어머니가 사실 한 시간 전에 가게 주인과 만났고 그 장면을 이미 다섯 번이나 찍었는데도 초면인 듯 인사하기를 거부하는 바람에 한바탕 소동이 일었던 것 같다. 그녀는 매번 "또 만나네요!"라고 했고, 그때마다 제작 팀은 "컷!"을 연발했다는 것이다.

도저히 못 하겠더라고요. 그녀의 어머니가 말한다. 너무 빤한 거짓말 같고. 내가 구제 불능이었죠.

맞아요, 그랬어요. 그리고 내게 희망을 줬죠. 새 친

구가 말한다.

엘리자베스가 미소를 짓는다. 참 훈훈하네.

그녀는 일어나 앉는다. 그리고 주방으로 건너간다. 저녁거리가 아직 요리되지 않은 채 식탁에 놓여 있다.

거실로 나가 보니 실내가 대마초 연기로 가득하다. 어머니의 새 친구 조이는 긴 의자에 앉아 있고 어머니는 새 친구의 무릎에 앉아 있다. 둘은 로댕의 유명한 조각처럼 서로에게 팔을 두르고 한창 키스를 하고 있다.

아. 엘리자베스가 말한다.

조이가 눈을 뜬다.

어머. 딱 걸렸네. 그녀가 말한다.

엘리자베스는 침착하기는커녕 새 친구의 무릎 위에서 중심조차 잡지 못하고 허둥대는 어머니의 모습을 바라본다.

대마초 연기 사이로 그녀가 어머니의 새 친구를 향해 한쪽 눈을 찡긋한다.

엄마는 열 살 때부터 아줌마를 기다려 왔어요. 엘리자베스가 말한다. 저녁은 제가 차릴게요.

십 년도 더 전인 2004년의 봄 화창한 금요일 저녁이 었다. 엘리자베스는 스물이 거의 다 되었다. 그녀는 외출하지 않고 폴린 보티가 나오는 영화 「알피」를 보고 있었다. 마이클 케인이 바람둥이 주역을 맡은 영화였다. 알피 역의 케인이 카메라 앞에서 성적 모험담을 매우 솔직하게 털어놓는다는 점에서 당시로서는 무척 획기적인 영화였다.

영화 초반에 마이클 케인은 햇살이 밝게 비치는 1960년대 런던의 거리를 걷다가 "내부에서 신속 서비스"

라고 적힌 창을 두드려 젊은 여자의 주의를 끈다.

그녀다.

그녀가 고개를 돌리고 즐거운 표정으로 그에게 들어오라고 한다. 문을 열고 들어간 그는 영업 중이라는 안내판을 금일 휴업으로 돌리고 그녀를 따라 걸어간다. 그리고 그녀를 품에 안고 입을 맞춘 뒤 옷걸이 뒤로 미끄러져 들어가 그녀와 삼 초쯤의 희극을 보여 준다.

틀림없이 폴린 보티였다.

그녀가 죽기 전 해에 촬영된 영화였다.

그녀의 이름은 출연자 명단에서 빠져 있었다.

"나는 아름다운 삶을 살면서도 그걸 몰랐다."라는 마이클 케인의 목소리가 흘러나온다. "세탁소 주인 여자가 있었다." 그가 세탁소에 들어가 여자와 옷걸이 뒤로 사라졌다가 얼마 후 다른 쪽으로 나오면서 말한다. "게다가 나는 양복을 할인가에 세탁할 수 있었다."

엘리자베스가 보티의 삶에 관해 읽은 것에 따르면 이 장면들을 찍을 때 그녀는 이미 임신한 몸이었다.

밝은 파란색 상의를 입었고, 머리는 옥수수색이었다.

하지만 그런 것을 논문에 쓸 수는 없는 일이다. "그

녀는 아주 신나는 일인 것처럼 보이게 했다."라고 쓸 수는 없다. "그녀는 아주 쾌활한 여자처럼, 활력이 넘치는 것처럼 보였다."라거나 "활력이 물결처럼 넘쳤다."라고 쓸 수는 없다. "비록 등장 시간이 이십 초도 안 되지만 그녀는 당대의 새롭고 자유로운 기풍에 대한 비평에 중대한 무엇을, 쾌락에 대한 지극히 여성적인 무엇을 보태는데, 바로 그것 역시 그녀가 자신의 미감으로 하던 일이었다."는 보다 적절한 언어이기는 해도 역시 그렇게 쓸 수 없다.

허튼소리.

엘리자베스는 보티의 카탈로그를 다시 펴 넘겨 본다. 책장들에서 강렬하고 화사한 색들이 뿜어져 나온다.

오래전에 사라진 그림에서 그녀의 손길이 멎는다. 의자에 앉아 있는 크리스틴 킬러의 모습이다. 킬러는 두 남자와 잤다. 한 명은 런던 정계의 장관, 다른 한 명은 러시아의 외교관이었다. 사건의 핵심은 의회에서의 빤한 거짓말에서 누가 최고의 권력을 지녔으며 누가 핵무기 정보를 가졌는지로 옮겨졌다가 즉시, 적어도 표면상으로는, 완전히 다른 것이 되었다. 그것은 바로 누가 킬러를 소유했고 그녀를 팔아넘겼으며 그로써 돈을 벌거나 벌지 못했는가 하는 것이었다.

보티의 그림 「스캔들 63」은 그려진 해에 곧바로 사라지고 사진들만 남았다. 완성된 작품에서 보티는 킬러를 덴마크산 의자에 앉히고 추상적 도안들로 주변을 채웠는데 상당히 구상적인 요소도 일부 있다. 왼쪽에 있는 것은 비극용 가면으로 볼 수 있고, 그 아래쪽에 있는 것은 오르가슴을 느끼는 듯 보이는 여자였다. 보티는 의자에 앉은 킬러의 위쪽에 있는 침침한 발코니 같은 것에 도시의 담장 위에 얹힌 참수된 머리 같은 것을, 흑인 남자 둘과 백인 남자 둘 네 남자의 머리와 어깨를 그려 넣었다. 보티가 함께 찍힌 사진에서 찾을 수 있는 초기 버전을 보면 그림 크기를 짐작할 수 있는데, 보티의 허리보다 꽤 높이 올라갈 만큼 상당히 크다. 여기에는 의자에 앉은 킬러의 잘 알려진 이미지가 빠져 있는데 보티는 후에 생각을 바꾸고 그것을 그려 넣었다.

엘리자베스는 이절대판* 노트에 연필로 썼다. "이런

* 가로 203밀리미터, 세로 330밀리미터의 종이 크기.

예술은 사물들의 외형을 본래와 다른 무엇으로 변형함으로써 그것들을 고찰하는 동시에 재평가할 수 있게 해준다. 이미지의 이미지는 곧 그 이미지가 새로운 객관성으로, 원본으로부터의 해방으로 보일 수 있음을 뜻한다."

논문용 허튼소리.

그녀는 보티가 「스캔들 63」 옆에 서 있는 사진을 보았다. 그리고 남은 햇빛 속에서 사진들을 보려고 창가로 갔다.

이 그림을 누가 의뢰했는지 아무도 몰랐다.

그것이 지금 어디 있는지, 어디든 아직 있기는 한지, 아직 존재하는지 아무도 몰랐다.

괴물 석상의 얼굴처럼 비극적인 얼굴이 그림의 한쪽에서 형성되었다 해체되는 모습을 그녀는 다시금 들여다보았다.

이 그림에 대해 고찰하고 쓰고 싶었던 엘리자베스는 그 배경인 스캔들과 관련된 글을 모두 읽으려 노력했다. 인터넷과 도서관에서 찾을 수 있는 것을 죄다 읽었다. 1960년대를 다루는 문화 서적들, 킬러가 쓴 두어 권의 책, 이 스캔들에 대한 「데닝 보고서」 등. 거짓말들을 읽고 그것에 가까이 다가가기만 해도 그토록 몸이 아플 수 있다는 것을 그녀는 그때까지 몰랐다. 「알피」 같은 천진난만한 작품조차 애당초 착용하겠다고 동의하지 않은 가학 피학성 변태 성욕자들의 가면이며 고통스러운 복장과 장구들을 쓰고 단 채 보는 것 같은 느낌이었다.

이 스캔들과 관련된 실화들을 생각할 때마다 한 가지 사소한 세부 사실이 낚싯바늘처럼 그녀를 찔렀다.

1963년 스캔들과 관련된 재판이 한창일 때 어느 초상화 전시회가 열리던 런던의 미술관에 머잖아 스스로도 섹스 및 첩보 스캔들에 휘말릴 블런트라는 역사학자가 나타났다. 당시 스캔들의 악당 또는 희생양이 되어 얼마 후 자살로 보이는 죽음을 맞을 스티븐 워드의 작품전이었다. 워드는 귀족, 왕족, 정치적 왕족 등 당대의 부유하고 유명한 인물들의 초상화를 그렸는데 그 가운데 많은 작품이 전시되고 있었다. 블런트는 거액의 현금을 주고 미술관에 전시된 모든 작품을 그 자리에서 매입했다.

그가 그것들을 모두 파기한 것 같다고 책과 기사들은 전한다.

그는 그것들을 어떻게 파기했을까? 어느 멋들어진 난로에 넣고 태웠을까? 외딴 시골집 마당에서 그것들에

석유를 뿌렸을까?

엘리자베스가 상상한 것은 수확을 마쳐 그루터기만 남은 황량한 옥수수밭에 트랙터만 한 굴착기로 시체 두어 것은 너끈히 들어갈 깊은 구덩이를 팠다는 것이다. 몇몇 사람이 구덩이 둘레에 모여 서서 초상화들을 하나씩 던져 넣어 초상화의 합동 묘지를, 거물들의 퇴적을 조성했다는 것이다.

그리고 그녀는 그 사람들이 막 도살된 말이나 소의 시체를 트럭에서 내려 끌고 와서는 굴착기 주둥이에 밀어 넣는 장면을, 굴착기가 움직여 말이나 소의 시체들을 초상화들이 쌓인 구덩이 위에 위치시킨 뒤 굴착기 기사가 레버를 눌러 시체들을 구덩이 속으로 떨어뜨리는 장면을, 굴착기가 주변의 흙을 구덩이 속의 초상화들과 시체들 위로 밀어 넣어 구덩이를 채우는 장면을, 굴착기가 구덩이 둔덕을 평평하게 눌러 정리하고 사람들이 옷에 묻은 먼지를 털고 물이 있는 곳으로 가서 손을 닦고 손톱에 낀 흙을 씻어 내는 장면을 상상했다.

말과 소는 특별한 장식이었다. 엘리자베스가 화가라면 부패를 그런 식으로 나타낼 터였다.

가끔 그녀는 보티의 「스캔들 63」이라는 그림도 그 구덩이에 들어가 그 위로 시체들이 떨어지고 그 무게로 그림의 나무틀이 갈라지는 장면을 상상했다. 블런트가 주머니를 현금으로 가득 채우고 전쟁 전과 전쟁 중과 전쟁 후까지 수십 년 세월의 때가 나뭇결 깊이 끼어 있는 난간을 만지지 않으려고 애쓰면서 보티의 작업실 건물 계단을 올라가는 장면을 상상했다.

하지만 그런 것들은 논문에 쓸 수 없지.

저런, 그녀는 노트 가장자리에 계속 낙서를 하고 있었다. 소용돌이와 물결과 나선 들이 보였다.

그녀는 자신이 실제로 쓴 내용을 다시 보았다. "이런 예술은 사물들의 외형을 고찰하는 동시에 그것들을 재평가할 수 있게 해 준다."

그녀가 웃음을 터뜨렸다.

그녀는 연필을 들고 예술의 대문자 A를 연필 끝에 달린 지우개로 지우고 소문자 a로 바꾼 다음 그 앞에 완전히 새로운 단어를 덧붙여 문장을 시작했다.

"고상한 예술은."

「우리 옆집 사람에 대한 말로 그린 초상화」

우리가 이사 온 새집의 옆집 사람은 지금까지 내가 만나 본 가운데 가장 우아한 이웃이다. 그분은 늙지 않았다. 우리 엄마는 '말로 그린 초상화' 숙제를 위해 해야 하는 질문들을 그분에게 하지 못하게 하려 한다. 그분을 귀찮게 하면 안 된다는 것이다. 엄마는 내가 실제로 질문을 하는 대신 그분에게 질문을 했다고 꾸며 내면 비디오 플레이어와 「미녀와 야수」 비디오를 사 주겠다고 했다. 솔직히 말해서 나는 비디오나 비디오플레이어를 갖느니 그분에게 새 이웃을 얻은 소감이 어떤지, 그냥 똑같은지 꼭 질문하고 싶다. 질문 목록은 이렇다. 첫째, 이웃이 있다는 것은 어떤 느낌인가요? 둘째, 이웃이 된다는 것은 어떤 느낌인가요? 셋째, 사람들이 당연히 늙었다고 생각하는데 사실 늙지 않은 것은 어떤 느낌인가요? 넷째, 왜 집이 그림들로 가득 차 있고 왜 그 그림들은 우리 집에 있는 것들과 다른가요? 다섯째, 왜 우리 옆집 대문 앞을 지날 때마다 음악 소리가 들리나요?

2016년 이튿날 아침 주방 선반 위에 있는 작은 텔레비전이 작은 소리로 켜져 있다. 밤새도록 주방을 밝히거나 어둡게 하면서 켜져 있었던 모양이다.

아직 엘리자베스 말고 깨어 있는 사람은 없다. 그녀는 커피포트에 물을 채우고 가스레인지 위에 올린다. 손잡이를 돌려 켜는 순간 텔레비전 화면이 그녀의 시선을 붙잡는다. 슈퍼마켓 광고에서 20대의 젊은 남녀가 따로 장을 보다가 갑자기 동시에 손에 든 빵 덩어리, 파스타 두어 봉지 따위를 떨어뜨리고 마법에 걸린 듯 서로를 끌어안고 자신들이 왈츠를 출 수 있다는 사실에 경악하며 왈츠를 춘다. 바로 건너편 통로에서는 제 부모가 놓친 달걀 상자를 어린아이가 받아 든다. 아이는 산더미처럼 쌓인 치즈 주위를 빙글빙글 돌며 춤추는 부모를 바라본다. 생선 판매대 근처에는 나이 든 한 쌍이 있는데, 남자는 무슨 캔 제품을 안경께로 들어 올리고 여자는 쇼핑 카트를 보행 보조기인 양 붙들고 있다가 둘 다 천상에서 내려오는 소리를 들은 듯 위를 쳐다본다. 무언지 알겠다는 눈빛을 주고받더니 여자가 붙들고 있던 쇼핑 카트를 밀어 버리고 믿을 수 없을 만큼 가볍고 능란하게 뒷걸음을 치고 남자는 지팡이를 내팽개치고 여자에게 고개를 숙인다. 둘은 고전적 품위가 있는 왈츠를 추기 시작한다.

엘리자베스는 선반으로 달려가 리모컨을 집어 들고 광고가 끝나기 몇 초 전에 소리를 키운다. 달걀 상자를 받아 들었던 아이가 카메라를 향해 어깨를 으쓱한다. 이어서 햇빛이 비치는 슈퍼마켓 건물 바깥과 주차장에서 춤을 추는 사람들이 등장하고 "일 년을 하루같이 고객을 위한 노래와 춤을 준비합니다."라는 중년 남자의 목소리가 깔린다.

잠이 깬 그녀의 어머니가 랩톱으로 슈퍼마켓 광고를 계속 반복해서 보는 딸의 모습을 본다.

뭐 타는 냄새 아니니? 그녀가 말한다.

그리고 창을 열고 가스레인지 주변을 정리하고 검댕이 묻은 행주를 버린다.

광고는 눈 내리는 날 눈이 잔뜩 쌓인 차들로 가득한 주차장 장면으로 시작된다. 이어서 노래와 춤. 그리고 노래가 끝나고 밖에서 본 여름의 슈퍼마켓.

슈퍼마켓 광고치고는 음악이 좀 어둡네. 그녀의 어머니가 말한다. 하기야 요즘에는 무슨 노래를 들어도 눈물이 나.

흠, 글쎄요. 엘리자베스가 말한다. 엄마는 늘 감상적이잖아요.

그 말도 맞네. 내가 감상적인 데는 경력이 상당하니까. 그녀의 어머니가 컴퓨터를 가져간다.

어머니가 항상 이렇게 재치 있었는데 엘리자베스만 몰랐던 것일까?

마이크 레이와 밀키 웨이스야. 그녀의 어머니가 말한다.

한 번도 못 들어 봤어요. 엘리자베스가 말한다.

그녀의 어머니가 인터넷에서 찾아본다.

히트곡이 하나뿐인 가수들, 1962년, 여름 오빠와 가을 누이.(글럭·클라인.) 1962년 9월 19위. 그녀의 어머니가 말한다. 와, 네 말이 맞나 보다. 글럭 씨가 정말로 뭔가를 쓴 모양이네.

1절

여름에 눈이 내리고 있어/ 봄에 낙엽이 지고 있어/ 이성이 사라지고 계절도 사라졌어/ 시간이 가면서 모든 걸 앗아 갔어

코러스: 여름 오빠 가을 누이/ 시간을 따라 시간을 지켜 주네/ 가을의 달콤함 가을의 노랑/ 시를 쓸 이유를 돌려다오

2절

가을에 그녀를 찾을 거야/ 가을이 그녀에게 입을 맞췄지. 가을의 안개/ 여름 오빠 가을 누이/ 가을은 가고 여름들도 이제 없네

코러스 1회 반복

브리지

여름 오빠 가을 누이/ 자꾸만 사라지네/ 계절이 지나가도 나는 그녀를 찾을 거야/ 시간의 낙엽을 뒤로 하고/ 이 노래를 부를 때마다

코러스 2회 반복, 애드리브하면서 소리 줄어듦

(© 작사·작곡: 글럭·클라인)

슈퍼마켓 광고에 사용된 이 곡 말고 작곡가 글럭, 작사가 글럭, 작사·작곡: 글럭·클라인에 관련된 정보는 인터넷에 거의 전무하다. 오직 이 곡에 연결된 링크만 수두룩하다. 유튜브에서 이 광고를 본 사람은 2만 5705명이다.

밀키 웨이스 노래 듣고 있었어? 엘리자베스의 어머니의 가운을 걸친 조이가 거실로 나오면서 말한다. 뭐가 타는 냄새지?

그녀가 코러스 부분을 흥얼대며 거실을 지나 주방으로 간다.

엘리자베스는 인터넷 차트에서 그 곡을 검색한다.

꽤 좋은 성적이다. 그녀는 슈퍼마켓 사무실 연락처를 검색한다.

아줌마 가운데 이름이 뭐예요? 그녀가 조이에게 말한다.

스펜서반스. 조이가 말한다. 왜?

엘리자베스가 전화기에 번호를 찍는다.

여보세요. 그녀가 말한다. 저는 엘리자베스 디맨드예요. 스펜서반스 에이전시에서 전화드리는데요, 마케팅부서 부탁합니다. 아뇨, 자동 응답기도 괜찮습니다. 감사합니다. (휴지.) 안녕하세요, 스펜서반스 에이전시입니다. 저는 엘리자베스 디맨드라고 해요. D, e, m, a, n, d요. 제 고객 대니얼 글럭 씨 대신 전화드립니다. 글럭 씨의 1962년 히트곡 「여름 오빠 가을 누이」가 현재 귀사의 홍보 활동에 활용됨에 기인해 귀사의 최근 텔레비전 광고가 방영될 때마다 저작권이 침해되고 있습니다. 따라서 귀사 또는 귀사의 대행사가 제게, 이 번호로 연락을 주셔서, 신속히 해 주시면 감사하겠습니다, 협상을 통해 제 고객 글럭 씨에게 법적으로 지급되어야 한다고 합의된 액수를 즉각 송금해 주시면 좋겠습니다. 그럴 경우 제 고객과 저작권 침해 법률에 관한 한 이 사안은 더 이상 문제가 되지 않을 겁니다. 시정 통보를 기다리겠습니다. 스물네 시간 내에 연락이 없으시면 저희도 조치를 취할 예정이니 최소한 시정 전까지 광고 방영을 중지하시기를 제안합니다. 대단히 감사합니다.

그녀는 메시지 끝에 자신의 전화번호를 남겼다.

침해. 그녀의 어머니가 말한다. 신속. 기인.

엘리자베스가 어깨를 으쓱한다.

통할 것 같니? 그녀의 어머니가 말한다.

시도는 해 볼 만하니까요. 엘리자베스가 말한다. 틀림없이 오래전에 돌아가신 줄 알 거예요.

다른 사람들은 어떡하고? 조이가 말한다. 마이크 레이랑 밀키 웨이스랑…….

저야 대니얼 말고는 관심 없어요. 엘리자베스가 말한다. 아니, 글럭 씨 말이에요.

자기 딸 되게 세다. 조이가 말한다.

그렇지? 하지만 근원도 무시할 수 없지. 그녀의 어머니가 말한다.

근원이라뇨? 엘리자베스가 말한다.

나 말이야. 그녀의 어머니가 말한다.

설마요. 엘리자베스가 말한다.

그것도 좋은 노래였지.* 조이가 말한다.

그리고 그 노래를 부르기 시작한다.

마치 내 삶에 마법이 일어난 것 같아. 조이가 주방에서 나가자 엘리자베스의 어머니가 엘리자베스에게 속삭인다.

부자연스러워요. 엘리자베스가 말한다.

이렇게 다 늙어서 사랑을 찾고 삶을 견디게 될 줄 누가 알기나, 아니 짐작이나 했겠니? 엘리자베스의 어머니가 말한다.

불건전해요. 엘리자베스가 말한다. 허락할 수 없어요. 안 될 일이에요.

그녀가 어머니를 안고 입을 맞춘다.

얘, 됐어. 그녀의 어머니가 말한다.

이건 무슨 책이야? 조이가 말한다.

그녀가 복도를 지나 들어온다.

---

* 버디 홀리(Buddy Holly), 「설마(That'll Be the Day)」.

이 화가는 누구야? 그녀가 말한다. 그림들이 정말 멋지다.

그녀가 식탁 위에 펼쳐져 있는 폴린 보티 카탈로그의 「5 4 3 2 1」이라는 그림을 보며 앉는다.

우리 유식한 딸이 사람들에게 가르치는 인물들 중 하나지. 엘리자베스의 어머니가 말한다.

1960년대 화가예요. 엘리자베스가 말한다. 영국에서 유일한 여성 팝 아트 화가.

아. 조이가 말한다. 있기는 있었구나.

있었어요. 엘리자베스가 말한다.

학대의 희생자였겠지, 아마도. 조이가 말한다.

그녀가 엘리자베스에게 한쪽 눈을 찡긋한다. 엘리자베스가 소리 내 웃는다.

그저 평범하고 일상적인 당대의 여성 혐오였죠. 그녀가 말한다.

자살했을 테고. 조이가 말한다.

그건 아니에요. 엘리자베스가 말한다.

아니면 미쳤겠지. 조이가 말한다.

그것도 아니에요. 그저 평범하고 일상적이고 전적

으로 온당한 우울증은 이따금 찾아왔죠. 엘리자베스가 말한다.

아. 그럼 비극적 죽음이었겠네. 조이가 말한다.

뭐, 그런 해석도 가능해요. 엘리자베스가 말한다. 하지만 저는 이런 해석을 선호하죠. 자유로운 영혼이 지상에 도착해요. 우리 모두에게 일어나는 비극적인 일들을 공간 속으로 폭발시킬 기술과 비전을 가지고요. 우리가 그녀의 그림들이 지닌 생명력에 주의를 기울일 때마다 그것들은 그 공간 속에서 무로 증발해 버리고요.

아, 근사하다. 조이가 말한다. 정말 근사해. 그래 봤자 그녀는 틀림없이 무시됐겠지.

사후에 그랬어요. 엘리자베스가 말한다.

이 정도가 되겠지. 조이가 말한다. 무시되고 소실됐다가 여러 해가 지나서 재발견되고. 다시 무시되고 소실됐다가 여러 해가 지나서 다시 재발견되고. 또다시 무시되고 소실됐다가 재발견되는 것의 무한한 연속. 내 말이 맞지?

엘리자베스가 큰 소리로 웃는다.

자기 혹시 우리 딸 강의 들어 본 거 아니야? 그녀의

어머니가 말한다.

그녀의, 이 여자의 이야기는 그럼 어떤 것일까? 조이가 말한다.

그리고 카탈로그 표지의 날개에 실린, 스물이 채 되기 전 보티의 젊고 웃는 얼굴을 들여다본다.

그녀의 이야기요? 엘리자베스가 말한다. 십 분이면 되는데, 시간 있으세요?

가을. 1963년. 「스캔들 63」. 가장 유명한 킬러는 어젯밤까지 바로 여기 있었다. 당당히 위층 발코니에 올라가 워드와 프로퓨모 사이 중간 지점에, 가운데 캔버스에 자리 잡고 있었다. 적어도 크리스틴의 사진 한 장은 그랬다. 어젯밤까지 크리스틴의 사진 몇 장이 캔버스의 다양한 지점에 놓여 있었다. 성큼성큼 활보하는 사진과 알몸으로 프레임 아랫부분을 향해 귀엽게 미소 짓는 모습, 핸드백을 흔들며 걷는, 가운데 있는 크리스틴의 발밑에서 황홀경에 빠져 있는 모습. 그런데 어젯밤 이스태블리시

먼트 클럽의 바에 루이스*가 앉아 있었다.

루이스는 스페인 독감처럼 번져 나간 보도사진을 찍었다. 하나의 상징으로 굳어진 사진이었다. 그는 폴린이 작업 중인 것을 보고 그것을 사진으로 찍은 적이 있었다. 그녀의 작업실로 찾아와 「스캔들 63」을 한쪽에, 그에 호응한다 할 「제자리에, 준비, 땅(Ready Steady Go)」**을 반대쪽에 잡고 서 있는 그녀의 모습을 사진에 담았던 그는 그녀가 들어오는 것을 보고 물었다. 올라가서 내가 찍은 킬러 사진들 볼래요? 폴린은 대답했다. 어머, 무슨 말씀이세요. 제가 유부녀라는 걸 아실 텐데요. 좋아요. 그래서 그들은 클럽 위층에 있는 그의 거처로 올라갔다. 그는 그녀와 클라이브가 확대경으로 사진들을 볼 수 있게 해 줬다. 그녀는 원본, 바로 그 사진을 세심히 들여다보았다. 킬러가 양팔을 올리고 두 주먹을 턱에 갖다 붙인, 아주 멋진 사진이었다.

그때 그녀는 밀착 인화지에서 포즈는 같지만 조금

---

* 영국의 사진가 루이스 몰리(Lewis Morley).

** 폴린 보티가 출연한 텔레비전 프로그램의 제목으로, 「5 4 3 2 1」의 오기로 보인다.

다른 버전을 발견했다.

그녀가 루이스에게 말했다. 혹시 저걸 좀 그려 봐도 될까요?

좋은 사진이었다. 수줍은 시늉이 덜하고 더 자기방어적인 모습이었다. 한 팔은 내려가 있었다. 생각에 잠긴 킬러가 어떤 모습일지 볼 수 있었다.

생각하는 킬러를 그려야겠어. 그녀가 생각했다. 생각하는 사람 킬러.

그녀가 킬러의 다리에 있는 자국들을 가리켰다. 확대경으로 보니 퍽 확연히 드러나는 멍 자국이었다.

어머나. 그녀가 말했다.

선정된 사진에서는 안 보여요. 루이스가 말했다. 신문은 선명도가 떨어져서겠죠.

그렇게 그녀는 의뢰받은 작품을 다시 그렸다. 이제는 진술보다는 질문으로 가능한 작품이 될 터였다. 여전히 모두가 안다고 생각하는 모습이겠지만 한편으로는 그것이 아닐 터였다. 킬러 드롱프뢰유.* 단번에 알아차리

---

* 실물로 착각할 정도로 정밀하고 생생하게 그린 그림.

지 못한 눈도, 그 포즈를 당연히 받아들인 눈도 무의식적으로 알 것이다. 딱 꼬집기는 어렵지만 기대하는 것, 기억하는 것, 그래야 마땅한 것과 어쩐지 다른 그것을.

이미지와 실물. 그녀는 그것에 익숙했다. 폴린이 있고 이미지가 있었다. 깃털 목도리를 두르고 카메라를 보고 윙크하는 이미지. 재미있었다. 자신감이 넘치는 이미지. 자신감이 떨어진 이미지. 대학 시절 출연한 뮤지컬 코미디에서 메릴린으로 분장한 이미지, 당신의 사랑을 받고 싶어요. 도리스 데이로 분장한 이미지, 모두가 내 몸을 좋아하죠. 성인 여성의 목소리로 부르는 어린 여자아이의 노래, 아빠가 멍멍이를 사 주지 않겠대요, 나에게는 작은 고양이가 있어요.(고양이가 여성의 성기를 의미한다는 것을 알고 있음을 과시하다니, 헉!) 다이아몬드는 여자의 것, 내 겨드랑이는 매력의 온상.(겨드랑이라는 말을 서슴없이 하다니, 헉!) 로열 칼리지, 여학생이 드문 나머지 시선을 집중시키던 곳, 건축업자들이 설계도에 여자 화장실을 그려 넣을 생각조차 하지 않았던 그곳에서 그녀가 복도를 걷노라면 "저기 재는 프루스트를 정말로 읽었대." 같은 속닥거림이 들려왔다. 그녀는 남학생의 어깨에 팔을 감고 말했다. 자기야, 저건 사실이야. 그뿐 아니라 주네와 드 보부아르와 랭보와 콜레트도 읽었어. 프랑스 문학계의 모든 작가를 빠짐없이 읽었고, 참, 거트루드 스타인도 읽었지. 자기는 여자들을, 그녀들의 부드러운 단추들을 하나도 모르는구나?*

폭탄이 떨어질 터였다. 그들은 아마도 고작 서너 해 더 살 터였다.

한 남학생이 그녀에게 "왜 그렇게 밝은 빨간색 립스틱을 바르지?" 하고 묻자 그녀는 너랑 키스하기 더 좋아서 그런다고 대답하고는 의자에서 벌떡 일어나 그를 잡으러 갔다. 사실 조금 겁이 난 그는 달아났다. 그녀는 캠퍼스와 잔디밭과 포장도로를 가리지 않고 그를 쫓았다. 그는 지나가는 버스 뒤쪽에 올라탔고 그녀는 그대로 선 채 한바탕 웃어 댔다. 나이가 좀 든 무척 다정했던 남자 한 명은 손과 무릎을 대고 엎드린 채로 방바닥에 입을 맞추며 그녀에게 기어와 그녀를 그렇게 웃게 했다. 그는 작곡가였고 그녀의 아파트를 찾아왔다. 그녀는 재미

* 거트루드 스타인, 『부드러운 단추들』.

삼아 그를 거슈윈이라 불렀다. 그는 그녀가 그린, 모자를 쓴 벨몽도 그림을 보고 "누구야?" 하고 물었다. 프랑스 영화배우예요, 가슴이 두근거리게 하는 남자 대 성기가 떨리게 하는 남자의 그림이죠, 안 그래요? 그녀가 대답했다. 가엾은 거슈윈은 온몸이 빨개졌다. 귀, 발가락 등 빨개질 수 있는 곳은 전부. 다정하고 나이 많은 남자는 어쩔 수 없었다. 다른 시대 사람이었으니. 뭐, 거의 다들 그랬다. 이 시대 사람이어야 할 사람들조차 사실 옛날 사람들이었다. 일전에 그는 작업실에서 「5 4 3 2 1」을 보고 "뭐라는 거야?" 하고 묻고는 소리 내어 읽었다. "아, 이런 씨……. 오, 아, 알겠어. 아주, 대단히, 아, 셰익스피어적인 말이군." 음, 당신이 거슈윈이면요, 난 윔블던의 바르도예요. 알아들어요? 그녀가 말했다. "아, 그래." 그가 말했다. "바드, 바르도.* 딱 떨어지네."

그는 그녀를 많이 좋아했다.

어쩌겠는가.

---

* 'bard'는 시인을 가리키고 셰익스피어는 '에이번의 시인(Bard of Avon)'이라 불렸으며 'Bard'에 'o'를 붙이면 여배우 브리지트 바르도(Brigitte Bardot)의 바르도와 발음이 같다.

별수 없었다.

미술관의 그림들이 그냥 그림이 아니라 사실 조금 살아 있다면 어떨지 상상해 보라.

우리가 시간 속에서 정지되지 않고 시간이 조금 정지될 수 있다면 어떨지 상상해 보라.

그녀는, 솔직히 말해서, 자신이 무얼 하려고 하는지 전혀 짐작되지 않을 때가 있었다. 불가결한 존재가 되는 거겠지. 그녀는 생각했다.

자신감이 낮을 때 겨우 열여섯 살이었다. 가정 교사가 그녀에게 "스테인드글라스는 교회에만 쓰이지 않아, 어디든 쓸 수 있어. 거룩한 것들에만 쓰이지 않아, 무엇에든 쓸 수 있어."라고 말했다. 자신감이 높을 때 「세상에 단 하나뿐인 금발(The Only Blonde in the World)」의 한쪽 귀퉁이를 마치 그림의 귀퉁이가 저절로 떨어져 나간 것처럼 아무것도 그리지 않고 그대로 두었다. 껍질을 벗겨 내면 뭐가 나올지 알 것 같은 트롱프뢰유 이미지들. 「뜨거운 것이 좋아」의 눈부신 메릴린이 그녀다운 빛으로 추상을 뚫고 나타난다. 여성의 오르가슴을 그릴 수 있을까? 그것은 메릴린이었다. 그것은 색을 칠한 동그라미들이었고, 아름답고, 아름다웠으며, 모든 것이 흥미진진했다. 텔레비전도 흥미진진했고, 라디오도 흥미진진했고, 세계 곳곳에서 모여든 흥미진진한 사람들로 가득한 런던도 흥미진진했다. 극장도 흥미진진했고, 텅 빈 박람회장도 흥미진진했고, 담뱃갑도 흥미진진했고, 우유병 뚜껑도 흥미진진했고, 그리스도 흥미진진했고, 로마도 흥미진진했고, 호스텔 샤워실에서 만난, 남자 셔츠를 입고 잔다던 똑똑한 여자도 흥미진진했고, 파리도…… 아, 신난다.(지금 파리에 혼자 있다! 어디를 가든 누가 쫓아오고 커피를 마시자고 청하고 하지만, 그것만 아니면 파리는 굉장하고 그림은…… 형언할 수가 없다.) 자신감이 높을 때 뭐든 예술일 수 있었다. 맥주 캔들은 신종 민속 예술이었고, 영화배우들은 새로운 신화였고 지금의 향수였다. 그녀가 자신의 예술의 일부로 포즈를 취할 때 그녀의 사진을 찍는 사진작가들이 그녀의 예술을 사진에서 잘라 내지 못하게 한 것도 흥미진진했다.

(틀렸다.

대실패다.

그들은 그래도 그녀의 주변부를 오려 냈으며, 당연하게도 가슴과 허벅지를 드러냈다.)

붓들이 카메라에 잡히나요, 마이크?

모자를 쓰고 셔츠와 속옷을 입은 그녀는 초상화* 속의 실리아를 최대한 비슷하게 흉내 내고 있는데 자신과 그림이 모두 사진에 나오게 하려고 청바지는 벗어 던졌다. 하지만 루이스와 마이클**은 좋은 남자들이었고 그녀는 두 사람을 굉장히 좋아했다. 그들은 그녀가 구도를 결정하도록 해 줬고 대부분 그녀의 의견을 따랐다. 기꺼이 알몸으로 포즈를 취하겠어요. 나는 나체가 좋아요. 솔직히 싫어하는 사람 있어요? 나는 사람이에요. 나는 지적인 나체예요. 나는 지적인 육체예요. 나는 육체적인 지성이에요. 예술은 나체로 가득하고 나는 생각하는, 선택하는 나체예요. 나는 나체로서 예술가예요. 나는 예술가로서 나체예요.

아주 많은 남자들이 기쁨에 찬 여자를 이해하지 못하고 하물며 여자가 그린 기쁨에 찬 그림은 더 이해하지

---

* 「실리아 버트웰과 그녀의 영웅 몇 명(Celia Birtwell and Some of her Heroes)」.

** 영국의 프로덕션 디자이너 마이클 시모어(Michael Seymour).

못해요. 정말이지 모든 게 섹스에 바탕을 두고 있거든요. 봐요, 바나나와 분수와 커다란 입과 손, 음, 전부 남근의 상징이에요. "뭐, 그거야 어쨌든 나는 남자고, 남자인 게 여자인 것보다 훨씬 낫죠." 그들이 말한다.

그녀는 건물 옆쪽에 붙어 있는 광고지를 보았다. 글자마다 다른 색깔로 '미친 오두막'이라고 쓰여 있고 그 밑에 파란색으로 더 크게 '브리지트의 비키니'라고 쓰여 있고 작고 희미한 검은색으로 '들어와서 보세요'라고 쓰여 있고 그 밑에 붉은색으로 크게 '섹시한 여자'라고 쓰여 있었다. 이걸 바라보는 내 모습을 사진으로 찍어요, 마이크. 그녀가 말했다. 그녀는 모퉁이를 돌아 나오다 그곳에 그런 것이 붙어 있어 무심코 읽는, 세상을 읽는 소녀처럼 건물 옆으로 바짝 붙어 섰다.

하지만 사랑은 몹시 중요했다. 그녀는 낭만적 사랑을 말하는 것이 아니었다. 일반적인 종류의 사랑이었다. 즐기는 것도 몹시 중요했다. 섹스는 사는 모습이 다양한 것만큼이나 다양할 수 있었다. 열정은 그녀에게 항상 유머가 깃들지 않은 무엇처럼 들렸다. 열정적 순간이란 그녀에게…….

지금도 기억나요. 맞은편에 앉은 오빠에 대해 너무 깊은 사랑이 느껴지는 나머지 마치 우리 둘이 접합된 것 같은 느낌이었어요.

이런 아름다운 감정은(그녀는 책을 쓰기 위해 자신을 인터뷰하는 작가에게 말했다.) 이를테면 반 시간 정도 지속됐다. 하지만 그녀는 그가 여자들을 좋아하고 여자들이 사물이나 그 밖에 잘 모르는 무엇이 아님을 안다는 이유로 남편과 결혼했다. 그는 지적으로 나를 받아들였거든요. 남자들이 대단히 어려워하는 일이죠.

자신감이 높을 때. 자신감이 낮을 때. 그녀의 어머니는 그녀의 아버지의 영국식 장미 정원에서 가지를 치고 있었다. 그녀의 어머니는 옷을 만들고 밥을 지었다. 카샬턴의 정원에서 전지가위를 들고, 그녀의 아버지가 눈치채지 못하게 셰리 술병에 그은 표시를 옮겨 그리면서 그녀의 어머니는 제임스 브라운보다 훨씬 전에 말했다. "세상은 남자의 것이야." 먼 옛날 아버지의 반대로 슬레이드 미술 대학에 입학하지 못했던 그녀의 어머니 베로니카는 장미 가지치기로 평생을 보내면서 그곳에 가지 못한 것을 슬퍼했으며 딸 폴린은 윔블던 미술 대학에 진학

할 수 있도록 남편을 설득했다. 퀸 엘리자베스 2호에 그녀를 태워 미국에 데려간 것도 어머니였다. 그녀의 어머니는 소리를 최대로 키우고 마리아 칼라스를 들었고(그녀의 아버지가 없을 때) 라디오 뉴스를 향해 소리를 질렀으며(그녀의 아버지가 주방에 없을 때 주방에서) 폴린이 열한 살 때 병이 들어 너도 나도 한 엑스레이 검사와 정밀검사를 수없이 했으나 결국 죽을 터였다. 가족이 혼돈에 빠졌다. 혼돈은 괜찮았다, 우울증만 아니면. 아니다, 그녀의 인격 형성기에 영향을 미쳤다. 그녀의 어머니는 한쪽 폐를 잃었다. 하지만 거의 말짱했다. 그녀는 계속해서 신문에서 오려 낸 기사로 스크랩북을 채웠다. 「폴린, 팝을 그리다」와 「나 자신의 모든 작품」.(런던의 노동당 노동조합회의 본부에서 폴린이 추상화를 거는 모습에 달린 제목이었다.) "여배우들은 대체로 머리가 나쁘다. 화가들은 대체로 수염이 덥수룩하다. 화가인 데다 금발이기까지 한 머리 좋은 여배우를 상상해 보라."

상상해 보라.

그녀의 아버지는 엄격했다. 그녀의 아버지는 못마땅해했다. 그녀의 아버지는 의심이 매우 많았다. 바람직

했을까요? 반쯤은? 아버지가 화를 낼까 봐 나는 아무 말도 못 했어요. 벨기에와 페르시아 혈통이 반씩 섞인 확고한 영국 보수주의자였죠. 히말라야와 해러게이트를 체험하고 돌아와 회계를 선택했어요. 할아버지는 해적들에게 살해당했고(사실이에요.) 할머니 쪽 집안은 유프라테스에서 조선업을 했어요. 그래서 아버지는 노퍽 브로즈에 배를 갖고 있었고, 그곳에서는 크리켓 규칙이며 차 끓이는 법이 삶의 중요한 표준이었어요.

아버지는 심지어 내가 졸업하고 나서 일을 하지 않았으면 했어요.

대판 싸움들이 벌어졌다. 대부분 아침 식사 전이었는데 그녀의 아버지와 싸우기에는 가장 부적절한, 최악의 시간이었다. 그녀의 오빠들은 움찔하며 고개를 저었다. 그녀의 오빠들도, 남자들도 당했다. 어쩌면 더 심했는지도 모른다. 미술 학교에 가고 싶어 한 그녀의 오빠를 아버지는 회계사로 눌러앉혀 버렸다. 그녀는 결국 갈 수 있었다. 뭐, 사실 제대로 된 직업이 아니니 여자에게 그나마 나았던 것이리라.

하지만 그녀가 어릴 때 그녀의 오빠들은 말했다.

"조용히 해, 넌 기껏해야 계집아이잖아." 남자아이가 되고 싶었죠. 그래서 그녀는, 왜 일종의 피부 있잖은가, 그것을 잡아당겨 늘어뜨리곤 했다. 내 성기는 못생겼다고 생각했어요. 지금은 그렇게 생각하지 않아요. 자유로워지고 편안해졌어요.

지금의 나를 만들어 줬죠.

"이상적인 여성은 일종의 충실한 노예예요. 불평 한 마디 없이, 보수도 한 푼 없이 집안일을 돌보고, 남자가 말을 걸어야만 대답하고 늘 양순해야 하죠. 하지만 혁명이 다가오고 있어요. 온 나라의 젊은 여성들이 각성하고 고개를 젓고 있어요. 두려우세요? 그게 그녀들이 바라는 바예요."라고 그녀는 오래지 않아 라디오 방송에서 말하기 시작했다.

어느 날 한 무리의 학생이 어느 건물 밖에서 시위를 하고 있었다. BBC 기자가 마이크를 들고 다가갔다. 그는 예쁜 여성을 골랐다. 더플코트를 입은 그녀는 장미꽃잎을 건물 앞 포장도로에 뿌리고 있었다.

아가씨처럼 예쁜 여자가 이런 행사에서 무얼 하고 있나요?

그녀가 그에게 말했다. 이 건물은 정말 후져요. 우리는 그에 항의해 시위하는 거예요. 건축미의 죽음을 애도하기 위해서요.

하지만 내부는 아주 효율적이라고들 하던데요. 그가 말했다.

우리는 밖에 있잖아요. 그녀가 말했다.

자신감이 높을 때. 자신감이 낮을 때. 급격한 기분 변화. 나긋나긋한 여자가 아니었다. 오늘은 찾아오지 마요. 잔인한 세상이여, 안녕. 나는 서커스에 들어가.* 그것은 팝송이었다. 그녀와 세 남자를 따라다니며 그들의 삶, 그들의 작품, 그들의 하루를 좇은 영화에 켄이 사용한 곡이었다. 그녀는 대신 꿈을, 정말로 되풀이되는 꿈을 찍었고(졸업 논문에 대한 꿈이었다.) 켄의 영화 이후에 꿈 같은 일거리들이, 연기 제안들이 쏟아져 들어왔다. 1963년, 꿈 같은 해였다. 아누스 미라빌리스,** 하하하. 이 모든 일은

---

* 제임스 대런(James Darren), 「잔인한 세상이여, 안녕(Goodbye Cruel World)」.

** '경이의 해'를 뜻하는 'annus mirabilis'의 'annus'를 '항문'을 뜻하는 'anus'로 썼다.

그녀가 1938년 3월 6일 태어나 언젠가에 죽었다 하는 식으로 일생의 연표를 작성한다면 퍽 근사해 보일 것 같았다. 그라보브스키 미술관 전시회, 라디오 활동, 클라이브와의 결혼, 「제자리에, 준비, 땅!」 프로그램의 무용수, 로열 코트 공연.(하지만 연기는 일시적으로 한 일로, 일종의 흉내이자 속임수였다. 그림이야말로 진짜였다.)

그리고 미래.

서른아홉까지 30대는 내내 근사한 것 같았다.

마흔과 쉰 사이는 지옥 같을 터였다.

그녀는 결코 경직되지 않기를 바랐다. 자신의 방식에 지나치게 고착되기를 원하지 않았다.

(죽기 직전까지 그녀는 스케치하고 그림을 그렸다. 열아홉 번째 신경쇠약이라는 밴드의 멤버인 친구들도 스케치했다. 검은색으로, 칠했다. 침대 끝에 댄 아기 침대에 그녀의 아기가 누워 있었다. 사후 그녀의 그림들은? 사라지고 없어졌다. 그리고 사라지지 않은 것들은 삼십 년간 아버지의 다락과 오빠의 헛간에서 묵고 있었다. 쓰레기로 처분됐을 수도 있었다. 삼십 년 후 그것들을 찾아 헤매다 헛간에서 발견한 작가 겸 큐레이터는? 그 자리에서 울음을 터뜨렸다.)

그녀의 성(姓) 가운데, O 둘레에 장미 화환이 걸려 있었다.

인어 조각상이 탁자를 떠받치고 있었다.

돈은 전혀 없었다.

청동 침대와 등유 난로가 있었다.

동침을 원하는 집주인이 찾아와 문을 두드릴 때면 화가 나서 길길이 뛰는 시늉도 했다.

추운 날이면 방 안에서도 하루 종일 외투를 입고 지냈다.

그것들은 삶이 아니었다.

그렇다면 삶은 무엇이었을까? 포착하기 위해 작업하는 대상이었고, 자신에게서 약간 분리된 객체의 지극한 행복이었다. 그림은? 홀로 거기 앉아서 하는 일이었으며, 자신만의 끔찍한 싸움이거나 아름다운 일부였다. 하지만 정말이지 끔찍하게 고독했다.

마침내 무언가가 나오기 전에 그것이 형편없을지 아주 재미있을지 몰랐고 실제로 비상한 것이 되어 나왔을 때도 주변 사람들은 전혀 알아보지 못했다.

그녀는 붙였다. 그녀는 잘랐다. 그녀는 그렸다. 그녀

는 집중했다.

꿈속에서 그녀는 과거의 빰따귀를 후려갈겼다.

열여섯 살 때로 돌아가 학교 친구 베릴에게 말했다. 나는 예술가가 될 거야.

여자들은 그런 거 못 돼. 베릴이 말했다.

나는 될 거야. 진지한 예술가가. 화가가 되고 싶어.

그저 그런 평범한 날이다. 날씨, 시간, 뉴스 따위가 온 나라와 모든 나라들 따위에서 일어나고 있을 뿐이다. 엘리자베스는 동네로 산책을 나간다. 거의 아무도 없다. 정원에서 무언가를 자르고 있는 몇몇 사람들은 그녀를 보고 인상을 쓰거나 무시한다.

좁은 포장도로 위에서 그녀는 노부인이 지나갈 수 있게 한쪽으로 비켜서고 인사를 건넨다.

노부인은 웃음기 없이 고개만 끄덕이고는 거만하게 지나간다.

그녀는 스프레이 페인트가 칠해졌던 집에 가 본다. 그곳에 살던 사람들이 이사를 갔거나 집 앞면을 이 밝은 바다색으로 덧칠했거나 둘 중 하나다. 마치 아무 일도 없었던 것 같다. 자세히 들여다보아야만 파란 덧칠 아래에서 '네 나라로'라는 글자의 흔적을 찾을 수 있다.

어머니의 집으로 돌아가 보니 현관문이 활짝 열려 있다. 어머니의 친구 조이가 전속력으로 달려 나온다. 그녀는 엘리자베스와 부딪치려는 순간에 엘리자베스를 끌어안고 스코틀랜드 전통 춤 동작 비슷한 것을 연출하더니 그녀에게서 떨어져 뒷걸음으로 걷는다.

자기 엄마가 무슨 일을 벌였는지 짐작도 못 할 거야. 조이가 말한다.

그녀가 하도 웃어 대는 바람에 엘리자베스도 웃지 않을 수 없다.

엄마가 체포됐어. 울타리에 기압계를 던졌지 뭐야. 조이가 말한다.

뭐라고요? 엘리자베스가 말한다.

있잖아. 조이가 말한다. 기압을 측정하는 기계.

기압계가 뭔지는 알아요. 엘리자베스가 말한다.

이웃 마을에 함께 갔더랬어. 골동품 거리, 알지? 자기 엄마가 골동품에 대해 얼마나 많이 아는지 보여 주려고 날 거기에 데려간 거야. 그런데 맘에 드는 기압계를 보더니 사 버리더라. 값도 꽤 되는 건데. 차를 타고 돌아오는데 라디오 뉴스에서 우리의 새로운 정부가 망명을 희망하고 여기 온 청소년들이 지내는 주거 시설에 대한 재정 지원을 삭감한다는 거야. 그래서 이제 그들도 다른 사람들이랑 똑같이 경비가 삼엄한 시설에 처넣을 거래. 그걸 듣더니 자기 엄마가 열이 받아서 그런 곳들은 감옥보다도 지독하다고, 모두가 감시받으면서 살고 창에는 빗장이 걸려 있어 청소년은 말할 것 없고 누구에게도 살 만한 곳이 못 된다고 소리를 지르기 시작했어. 이어서 난민국 철폐 소식이 나오자 차를 세우게 하는 거야. 그러더니 차 문도 안 닫고 막 내달려서 나도 차에서 내려 차 문을 잠그고 쫓아갔어. 자기 엄마 모습이 보이기 전에 소리부터 들렸지. 울타리, 아니 울타리들 근처에 미니밴이 있는데 거기 탄 남자들에게 고함을 시르면서 기압계를 들고 흔들더니 그걸 울타리를 향해 냅다 던지지 뭐야! 담장에서 요란한 굉음이 나고 번쩍번쩍하더라. 합선이 된

거지. 남자들이 법석을 떨었어. 나도 어쩔 수 없더라고. 그래서 응원을 해 줬지. 웬디, 바로 그거야! 그 정도 기상은 있어야지!

조이는 그녀의 어머니가 한 시간쯤 전에 체포되었다가 훈방 조치되어 지금은 교차로 근처의 골동품 장터에서 담장에 던질 물건들을 사고 있다고, 앞으로 매일 거기 나가 (여기에서 엘리자베스의 어머니를 완벽하게 흉내 내며) "인류 역사로, 그리고 덜 잔혹하고 더 인정 있는 시대의 유물들로 담장을 포격하다" 체포되는 것이 어머니의 새로운 계획이라고 말했다.

차를 가져오라고 나를 집으로 보냈어. 조이가 말한다. 잡동사니 미사일들을 실어야 하니까. 아참, 잊어버릴 뻔했다. 집 전화로 자기한테 전화가 왔어. 십 분 전에.

어디서요? 엘리자베스가 말한다.

병원. 아니, 병원이 아니라 요양하는 데. 요양원.

어머니의 친구는 엘리자베스의 안색이 변하는 것을 보고 금세 진중해진다.

자기한테 전해 달랬어. 그녀가 말한다. 할아버지가 자기를 찾는대.

이번에는 접수구의 여자가 아예 쳐다보지도 않는다. 아이패드로 「왕좌의 게임」에서 누군가가 교수형을 당하는 장면을 보고 있다.

그러더니 여전히 고개를 들지 않고 말한다.

오늘 점심을 잘 드셨어요. 3인분은 너끈하게요. 뭐, 노인이시잖아요. 깨어나셔서 보호자분이 기뻐하실 거라고 했더니, 손녀딸에게 내가 보고 싶어 한다고 전해 달라고 하시더군요.

엘리자베스는 복도를 따라 걸어 그의 병실에 이르

자 안을 들여다본다.

그는 다시 잠들어 있다.

그녀가 복도에서 의자를 들여온다. 그것을 침대 옆에 놓는다. 그 위에 앉는다. 『두 도시 이야기』를 꺼낸다.

그녀는 눈을 감는다. 다시 눈을 뜨니 그가 눈을 뜨고 있다. 그가 그녀를 똑바로 바라보고 있다.

안녕하세요, 글럭 씨. 그녀가 말한다.

아, 안녕. 그가 말한다. 너다 싶었다. 좋다. 만나서 반갑구나. 뭘 읽고 있니?

다시 11월이다. 가을이라기보다 겨울이다. 저것은 엷은 안개가 아니다. 짙은 안개다.

바람에 실려 온 단풍나무의 씨앗들이 유리창을 때린다. 마치, 아니 아니다. 다른 무엇처럼도 아니라 바로 유리창을 때리는 단풍나무 씨앗답게 때린다.

이틀쯤 밤바람이 거셌다. 습기 먹은 나뭇잎들이 바닥에 붙어 있다. 포장도로 위에 있는 것들은 누렇게 썩은 힘없는 고엽들이다. 하나는 하도 단단히 붙어 결국 떨어져 나간 후에도 나뭇잎의 윤곽이, 그림자가 다음 봄까지 포장도로에 남아 있을 것이다.

정원의 가구에 녹이 슬고 있다. 겨울을 맞아 치워 두는 것을 잊은 것이다.

나무들이 뼈대를 드러내 보이고 있다. 공기에 불 냄새가 감돈다. 온갖 영혼들이 사냥감을 찾아다니고 있다. 하지만 장미들이, 아직 장미들이 있다. 습기와 한기 속에, 생명이 사라진 듯 보이는 덤불 위에 활짝 핀 장미가, 아직 있다.

저 색깔 좀 봐.

감사의 말

폴린 보티에 대한 글을 쓴 모든 분께 크게 신세를 졌다. 그중에서도 수 테이트와 그녀의 책 『폴린 보티: 팝 아트 작가, 여성』(2013)과 그녀가 수 워틀링이란 이름으로 데이비드 앨런 멜로와 함께 쓴 『폴린 보티: 세상에 단 하나뿐인 금발』(1998)에 특히 신세를 졌다. 넬 던이 《보그》 1964년 9월호에 실은 보티와의 인터뷰, 그가 『여자들에게 말 걸기』(1965)에 실은 인터뷰 전문에도 크게 신세를 졌다. 크리스틴 킬러에 관해 소설에 간략히 나온 이야기들은 크리스틴 킬러가 샌디 포크스와 함께 쓴 『오직……』(1983), 크리스틴 킬러가 더글러스 톰슨과 함께 쓴 『비밀들과 거짓말들』(2012)에서 찾을 수 있다. 시빌 베드퍼드가 스티븐 워드의 1963년 재판에 관해 쓴, 출간되지 않은 「우리가 할 수 있는 최악: 스티븐 워드 박사 재판에 대한 간략한 보고서」를 읽을 수 있었던 것도 행운이다. 재판의 세부 사실 가운데 일부가(재판 기록은 아직 공개되지 않았다.) 이 소설에 녹아들어 있다.

사이먼, 애나, 허마이어니, 레슬리 B., 레슬리 L., 엘리, 세라 그리고 해미시 해밀턴 출판사의 모든 분께 감사드린다.

앤드루와 트레이시 그리고 와일리 에이전시의 모든 분께 감사드린다.

브리지트 스미스, 케이트 톰슨, 닐 맥퍼슨, 레이철 개티스에게 감사드린다.

잰드라, 고마워. 메리, 고마워.

재키, 고마워.

세라, 고마워.

옮긴이 김재성

서울대 영어영문학과를 졸업한 후 미국 캘리포니아에 거주하며
출판 기획 및 번역을 하고 있다. 『밤에 우리 영혼은』, 『푸른 밤』,
앨리 스미스의 『봄』, 『여름』 등을 우리말로 옮겼다.

가을

1판 1쇄 펴냄 2019년 3월 15일
1판 5쇄 펴냄 2022년 10월 14일

지은이 앨리 스미스
옮긴이 김재성
발행인 박근섭·박상준
펴낸곳 (주)민음사

출판등록 1966. 5. 19. 제16-490호
서울시 강남구 도산대로 1길 62(신사동)
강남출판문화센터 5층(06027)
대표전화 515-2000 | 팩시밀리 515-2007
홈페이지 www.minumsa.com

ISBN 978-89-374-3978-0 (03840)

이 책에 쏟아진 찬사

맨부커상 최종 후보로 선정된 스미스의 이 신작 소설은 외로운 소녀와 소녀에게 문화의 세계를 선사한 친절한 노인의 매혹적인 우정을 핵심에 두고 있다. 커다란 관념들과 사소한 즐거움들을 담은 이 소설을 단연코 추천한다.

《라이브러리 저널》

말장난과 서정적인 몽상들이 가득한 즐거운 책. 『가을』은 삶에 대한, "붙잡으려 애써 온, 우리로부터 조금 떨어진 대상의 치열한 행복"에 대한 억누를 수 없는 희망을 보여 준다.

《월스트리트 저널》

『가을』은 전혀 연관이 없어 보이는, 이를테면 죽음의 운명, 비인습적인 사랑, 셰익스피어의 『태풍』, 각운을 맞춘 광고 문구, 그리고 나치주의와 최근 득세하는 포퓰리즘 신국수주의 바탕에 깔려 있는 외국인 혐오 같은 주제들을 놀라운 솜씨로 한데 엮어 낸다. 자유로운 정신과 예술의 생명력이야말로 친절, 희망, "우리 스스로는 거기 파묻혀 있더라도 사악함 너머를 지향하는" 준비성과 함께, 스미스가 이 감동적인 소설에서 주창하는 바일 것이다.

NPR

노화와 예술, 사랑, 그리고 애착에 대한 다층적인 고찰의 중심에는 한 소녀와 나이 든 이웃 간의 우정이 있다. 스미스는 자신이 창조하는 어떤 세계에도 독자를 끌어들이는 재능을 갖고 있다. 『가을』은 정서적, 역사적인 무게, 유머, 그리고 창조성과 상실에 대한 예민한 감수성을 갖춘 주목하지 않을 수 없는 작품이다.

《커커스 리뷰》